KB033575

나는
용감한 마흔이
되어간다

기숙사에 사는 비혼 교수의 자기 탐색 에세이

나는 용감한 마흔이 되어간다

윤지영 지음

끌레마 Clema

프롤로그

1.

나는 내가 이렇게 살 줄 몰랐다. 마흔 넘어 가족도 없이, 결혼도 안 하고, 기숙사에서 매일 혼자 깨고 혼자 잠드는 삶을 살게 될 줄은 정말이지 상상도 못 했다. 마흔쯤 되면 단란한 가족, 안정적인 울타리가 생길 것이라고 막연히 생각해왔지만, 글쎄, 지금 내 삶은 그런 생각과는 꽤 거리가 멀다.

기숙사에서 사는 이야기를 글로 써보자는 제안을 받았을 때 망설였던 것도 그런 이유 때문이다. 내가 적극적으로 이런 삶을 선택한 게 아닌데 무슨 이야기를 할 수 있을까? 떠밀리듯, 흐르는 대로 살다 보니 이렇게 사는 것뿐인데? 나도 내 삶이 만족스러운지 아닌지 잘 모르겠는데?

더구나 교수라는 직업도 마음에 걸렸다. 사람들이 교수에 대해 어떤 기대와 편견을 갖고 있을 것 같았다. 이를테면, 마흔 넘어 비혼도 괜찮다고 말하기에 교수라는 직업은 꽤 여유로운 조건이 아닌가. 꼬박꼬박 월급을 받고, 몇 달씩이나 되는 방학이 있고, 무사히 퇴직만 하면 연금을 받게 될 사람이 꼭 남들처럼 살지 않아도 괜찮다고 말하는 것은 자기 자랑 내지는 훈수로 들릴 수도 있다. 기숙사에 사는 것에 대해서도 마찬가지다. 특히 비혼의 여자 교수라면? 자기 세계가 너무 강하거나 특별한 사연이 있을 거라고 생각하지 않을까?

다행스럽게도 글을 쓰기 시작하자 이런 걱정은 사라졌다. 모두의 삶은 저마다의 방식으로 특수하다는 것을, 많은 이들이 나처럼 이해할 수 없는 자신의 삶에 때론 실망하고 때론 혼란스러워하며 그 의미를 찾고 있다는 것을, 마흔 넘어 혼자 기숙사에 사는 나 역시 그 '모두' 가운데 하나라는 것을 깨닫게 되었기 때문이다.

내가 생각하는 마흔이란 이런 것이다. 인생에서 기를 쓰고 지켜야 할 게 별로 없다는 것을 알게 되는 나이. 지키고 싶다고 다 지킬 수 있는 것도 아니라는 것을 알게 되는 나이. 결국 세상은 내 의도나 계획과 상관없이 흘러간다는 사실을 알게 되는 나이. 그래서 모든 일이 경이로운 기적이고 감사할 일임을 알게 되는 나이.

젊었을 때의 나라면 안일하고 비겁하다고 여겼을 생각이다. 하지만 마흔이 넘고 보니 꼭 그렇게 볼 것만은 아니라고 생각하게 된다. 만나고 헤어지는 일, 성공하고 실패하는 일이 순전히 때와 인연에 달려 있다는 것을 알게 되면 겁내고 눈치 볼 게 없어진다. 나는 그렇다. 어찌 될지도 모르면서 일단 이 글을 쓰기로 한 것도 그래서이다.

2.

그가 떠나고 두 달쯤 지났을 때 친구의 손에 이끌려 지리산 아래에 있는 절을 찾았다. 난생처음 108배를 하고 나서 주지 스님이 내려주는 차를 마시다 난데없이 이런 질문을 했다.

"옷깃을 스치는 인연이 억겁의 세월이 쌓인 결과라면서 연인과의 인연은 어째서 8천 겁이면 충분하다는 건가요?"

지금 생각하면 참으로 어리석은 질문이다. 이번 생에서 마지막으로 미래를 함께하고 싶던 사람을 두 달 전에 잃은 사람의 질문이라기에는. 게다가 인연과 윤회의 굴레에서 벗어나라는 게 불교의 가르침이 아닌가.

아니나 다를까 스님은 "그런 건 중요하지 않고"라며 딱 잘라 말씀하셨다. 그리고 다른 좋은 말씀도 많이 들려주셨다. 아니, 사실은 잘 기억나지 않는다. 스님의 대답에 실망한 내 귀에 다른 말씀은 하나도 들어오지 않았다.

그때 내가 진짜로 알고 싶었던 것은 이런 것이 아니었을까 싶다. 어차피 죽을 거 왜 태어나는 건가요? 어차피 헤어질 거 무엇 때문에 사랑하게 되는 건가요? 요컨대, 나는 그가 그리웠던 것이다. 삶의 이유가 필요했던 것이다.

그로부터 1년쯤 지난 어느 날, 중학교 생물 시간에 배우고는 까맣게 잊고 있던 내 유전자의 존재가 머릿속에 문득 떠올랐다. 그러니까 내 유전자의 운명에 대해. 우리 부모님은 나와 동생을 통해 당신들의 유전자를 전달하는 데 성공했고, 동생 부부도 조카를 통해 자기들의 유전자를 전달하는 데 성공했는데 내 유전자는 영원히, 흔적도 없이 사라지겠구나, 하는 생각. 그런 생각이 들자 왠지 내가 이 땅에 온 목적을 완수하지 못한 실패자 같았다. 우주 먼지처럼 고독하고 초라한 기분이 들었다.

지금 생각하면 참으로 어처구니없는 생각이다. 실연이라는 지극히 개인적이고 현재적인 사건을 종족 번식과 유전자 전달이라는 진화론적이고 인구학적인 문제로 비약하다니. 하지만 그럴 만도 했다. 그때 나는 해가 바뀌면 막 마흔이 될 터였고, 서로를 닮은 아이를 가지면 좋겠다고 꿈꾸던 사람의 1주기를 치른 지 두 달이 채 안 된 때였으니까. 그러니까 그때까지만 해도 나는 마흔이 넘으면 '여자 인생 끝'이라고 엄포를 놓는 마흔의 저주에 사로잡혀 있었던 것이다.

3.

20대에는 어떻게 해서든 세상 속에 비집고 들어가기 위해 애를 쓰고, 30대에는 그 자리를 넓히고 깊게 뿌리내리기 위해 애를 쓴다. 대부분 그 사이에 결혼을 하고, 그렇게 40대가 되면서 지켜야 할 것들의 목록은 더 늘어난다. 무엇보다 가족, 그리고 자식.

존경받는 사람이 가족과 자식 때문에 별수 없이 무너지는 일을 자주 본다. 속을 들여다보면 결국 자기 욕심 때문이겠지만, 누가 뭐래도 가족과 자식은 삶을 악착같이 이어가게 만드는 이유이자 가끔은 자신의 선택을 합리화하는 핑계가 되는 것 같다. 그러니까 삶의 이유이자 존재의 구심점. 특히 자식이 그렇다. 자신의 유전자를 미래까지 전달해줄 존재라서일까? 하여 마흔 넘은 기혼자들의 삶이란 이 소중한 것을 지키기 위해 수없이 자신을 다잡으면서 넓어지고 깊어지고 또 둥글어지는 게 아닐까, 하고 결혼도 안 해본 나는 짐작만 해본다.

마흔 넘은 비혼자에게는 그런 게 없다. 나의 온 존재를 걸

만한 삶의 목적도, 내 어리석음에 대한 핑계를 댈 누군가도 없다. 그것은 조금 쓸쓸하고 조금 홀가분한 일이다.

그런데, 바로 그래서 나에게 더 집중할 수 있다. 미래의 내 유전자가 아니라 현재의 나에게. 다른 사람의 욕망이 아니라 내 안의 목소리에. 잠시 샛길로 빠져서 주변을 둘러볼 수도 있고, 한심한 시행착오나 쓰라린 실패를 해도 괜찮다. 모두 혼자 선택하고, 혼자 감당하고, 혼자 책임진다. 가족과 친구들은 멀리서 지켜봐 주고 격려해줄 뿐이다.

어떤 비혼의 마흔에게는 이런 일이 새삼스러운 게 아닐 수도 있겠다. 평생을 그렇게 살아왔을 수도 있고, 마흔 넘어 비혼인 것도 그처럼 적극적으로 탐색한 결과일지 모른다. 하지만 세상이 정해둔 규칙을 따라 모범생으로 살아온 나는 그렇지 않다. 나는 마흔 넘어 비로소 자기 탐색을 시작했다. 남들 하는 대로 성실히 쌓아 올린 것을 하나하나 뜯어보는 것은 조금 두려운 일이다. 그리고 조금 설레는 일이기도 하다. 버릴 것은 버리고 놓친 것들은 뒤늦게 살피며 나는 내 안의 목소리에 더 집중한다.

4.

이 책에는 그 탐색의 시간들이 담겨 있다. 30대 후반부터 마흔이 넘은 지금까지, 내 안의 목소리에 귀 기울이고 그에 따라 움직이다 보니 좀 더 자유로워지고 용감해지게 된 과정들. 말하자면 이 책은 내가 몰랐던 나를 발견하고, 있는 그대로 받아들이는 과정에 대한 기록이다.

그래서 이 책에는 부끄러운 이야기가 많다. 예전 같으면 감히 사람들에게 말할 생각도 못 했을 일들이다. 하지만 그런 부끄러운 일들이야말로 나라는 인간의 핵심임을 이제는 알겠다. 모두의 인생은 저마다의 방식으로 특수하고, 내 인생의 특수함은 바로 이 부끄러운 일들 속에 숨겨져 있다.

별도 내 유전자와 마찬가지로 죽고 나면 흔적도 없이 사라지는 줄 알았다. 그런데 그게 아니라는 것을 얼마 전에 책에서 읽었다. 가장 찬란하고 아름다운 폭발로 생을 마감한 별은 먼지가 되어 우주를 떠돌다가 또 다른 별이 되거나 우리의 일부를 이룬다고 한다.

내 유전자는 영영 사라질 예정인데, 별은 사라지지 않는다니 살짝 섭섭한 마음이 든다. 하지만 내 유전자는 사라져도 별은 사라지지 않는다는 사실이 위안이 되기도 한다. 세상에 영원한 것이 하나쯤 있는 것도 나쁘지 않다. 조금 덜 쓸쓸하고 조금 더 홀가분한 기분이 든다.

차
례

2부)) 기숙사 생활자

3부)) 마흔, 자기 탐색하기 좋은 나이

4부)) 지도에 없는 길 걷기

1부 / 어른 같지 않은 어른

어른 같지 않은
어른

조카가 열 살 무렵 우리 집에 놀러 온 적이 있다. 주차를 하고 트렁크에서 짐을 꺼내는 나를 기다리던 조카가 내 손에 뭔가를 쥐여 주며 말했다.

"선물이야."

빨갛게 익은 대추 한 알이었다.

"앗, 고마워."

나는 냉큼 입에 넣었다. 순간, 조카는 어린아이가 동원할 수 있는 얼굴의 모든 근육을 동원해 당혹스럽고 황당하다는 표정을 지으며 소리쳤다.

"이모! 그걸 먹으면 어떻게 해. 바닥에 떨어져 있던 거라고. 어휴."

동생과 조카는 그 일로 두고두고 나를 놀린다. 선물로 받은 걸 어떻게 그 자리에서 먹어버리느냐고, 어디에서 난 건지 묻지도 않고 받자마자 입에 넣느냐고, "이상해, 이상해"라며 고개를 내젓는다.

그 대추가 땅바닥에 굴러다니던 걸 주운 건지 내가 어떻게 알았겠느냐고, 먹는 선물은 맛있게 먹는 게 최고의 답례가 아니냐고, 어떻게 주운 걸 선물할 수 있냐고 항변해도 소용없다. 평소에도 나를 '어른 같지 않은 어른'이라고 생각하던 조카는 그 일이 있고 난 뒤 나를 '확실히 이상한, 어른 같지 않은 어른'으로 본다. 억울한데 왠지 싫지는 않다.

다짜고짜, 막무가내, 아무거나 입에 넣고 보는 내 습성은 생각보다 오래됐다. 고백하자면 초등학교 때는 방아깨비도 먹어봤다. 원래 방아깨비를 먹으려던 건 아니다. 〈소년중앙〉이나 〈보물섬〉의 '세상에 이런 일이' 같은 코너에서 메뚜기가 맛있다는 글을 읽고 메뚜기를 먹어볼 생각을 했던 것 같다. 하지만 어쩐 일인지 동네 공터 풀밭에 메뚜기는 없고 방아깨비만 있었다. 융통성(?)을 발휘해 방아깨비를 잡아 미리 챙겨간 아빠의 라이터로 구워 먹었다. 맛은? 당연히 없었다. 차마 몸통을 먹을 용기는 없어서 다리만 떼어 먹었으니 제대로 맛을 느낄 것도 없었겠지만. 내 기대와 달라 속았다고 생각했는지, 아니면 다음에는 반드시 메뚜기를 먹어보리라고 다짐했는지는 기억나지 않는다.

그뿐만이 아니다. 찔레순이 달짝지근하다는 이야기를 듣고 찔레순도 먹어봤고, 쑥이 여자한테 좋다고 해서 엄마를 위해 쑥을 뜯으러 다닌 적도 있다. 그보다 더 자라서는 박완서 작가의 『그 많던 싱아는 누가 다 먹었을까』를 읽고 '이것이 싱아일 것'이라고 내 마음대로 짐작하며 겁도 없이 길가의 잡초를 뜯어 여린 밑동을 잘근잘근 씹어보기도 했다.

갑자기 이런 기억이 떠오른 건 내게 아직도 그런 습성이 남아 있다는 걸 최근 다시 알게 되었기 때문이다. 나는 교정을 걷다가 나무나 넝쿨에 달린 열매만 보면 따 먹어보고 싶어진다. 십중팔구 맛있을 거라 확신하면서 좀처럼 열매에서 눈길을 떼지 못한다. 물론 아무거나 입에 넣지는 않는다. 아쉬움을 가득 안고 발걸음을 돌릴 뿐이다. (이런 일을 갖고 이렇게 말하기는 조금 우습지만) 이제야 철이 든 것 같다. 그렇더라도 도대체 아이도 아니면서(아니다, 요즘에는 오히려 아이들이 아무거나 입에 넣지 않을 것이다), 더구나 먹을 게 귀하기는커녕 다이어트를 고민하는 시대에 웬만한 것은 무조건 입에 넣어보고 싶어 하는 나의 이런 강렬한 충동이 어디에서 오는 건지 알 수가 없다.

프로이트 식으로 말해 구순기에 어떤 문제가 있었던 게 아닌지 막연하게 짐작하던 차, 내 습성은 영아기가 아니라 훨씬 더 오랜 과거와 연관되었는지도 모른다는 생각이 들었다. 바로 수렵 채집인의 DNA가 남아 있다는 것! 이를테면 고사리나 더덕, 혹은 두릅같이 의식하고 발음해보면 이상하기 짝이 없는 이름을 가진 것들을 최초로 먹을 생각을 한 사람들과 나는 같은 부류의 사람일지도 모른다.

그들을 생각하면 경이로움과 존경심이 밀려온다. 망망대해를 건너는 항해만 모험이 아니다. 새로운 식용 식물을 발견하는 일은 새로운 대륙을 발견한 것만큼이나 목숨을 거는 모험이다. 그들 덕분에 우리는 온갖 풀과 열매, 심지어 나무껍질과 뿌리까지 먹을 수 있게 되었다. 뿐만 아니라 어떤 식물이 어떤 질병에 좋다는 것까지 알아냈으니 그들이야말로 인류의 건강 증진에 기여한 허준, 혹은 히포크라테스의 선조이다.

하지만 최초의 먹거리 탐험가들이 대단한 공명심이나 부와 명예를 노리고 그런 일을 한 것 같지는 않다. 그들은 그저 아주 배가 고팠거나 남들보다 호기심이 많은 사람들이었을 것이다. 혹은 나처럼 아무 생각이 없었거나. 여하튼 나는 왠지 그들의 사고 구조를 이해할 수 있을 것 같다. 무언가 새로운 걸 발견하면 일단 입에 넣어본다. 사람의 감각 중에서 대상을 파악하는 데 미각, 그러니까 입에 넣어 맛을 보고, 씹어도 보고, 삼켜도 보는 것만큼 정확한 게 없으니까. 그리고 나머지는 하늘의 뜻에 맡긴다. 운이 좋으면 먹거리의 신대륙을 발견하는 거고, 운이 나쁘면 심하게 배앓이를 하거나 죽기밖에 더 할까 하는 마음으로. 이것이야말로 진정 자연의 뜻에 순응하는 태도가 아닌가!

그들은 무엇을 어디에서 경작할지, 어떤 종을 어떻게 번식시킬지에 대해 아무것도 결정하지 않았다. 오직 스스로 자라고 번식한 것들만 취하며 살아갔다. 우리는 그들을 호모 에렉투스나 네안데르탈인 혹은 수렵 채집인이라고 부른다.

그들에게 친근감을 느끼는 나로서는 너무나 안타깝게도, 그들은 오래지 않아 역사 속으로 사라진다. 거의 모든 시간과 노력을 몇몇 동물과 식물 종을 조작하는 데 바치는, 그래서 인류 역사상 가장 위대한 혁명 가운데 하나인 농업혁명을 이룬 신인류, 호모 사피엔스에게 자리를 빼앗기고 만 것이다. 그렇게 우리 인류는 우리의 직접적인 선조인 호모 사피엔스 덕에 위대한 문명을 일구었고, 이제 4차 산업혁명의 단계로 접어들고 있다. 한동안 화제가 되었던 유발 하라리의 『호모 사피엔스』에서 읽은 얘기다.

유발 하라리는 농업혁명이야말로 역사상 최대의 사기라는 말도 덧붙인다. 식량은 풍부해졌으나, 인류는 땅과 집, 곡물의 노예가 되어 고된 노동에 시달리게 되고, 자신의 것을 지키기 위해 피비린내 나는 전쟁을 불사하게 되었다는 것이다.

어쨌거나 지금도 세상은 호모 사피엔스가 지배하고 있다. 그래서 내가 조카로부터 '확실히 이상한 어른'이라는 말을 듣는지도 모르겠다. 말하자면, 이제는 멸종한 수렵 채집인과 더 비슷하기 때문에. 계속 이런 식으로 나이가 들면 '확실히 이상한, 할머니 같지 않은 할머니'가 될 게 분명하다.

날지 못하는
장난감입니다

영화 〈토이 스토리〉에는 자신이 장난감인 줄 모르는 장난감이 등장한다. 바로 우주 전사 버즈다. 앤디라는 소년의 장난감들이 벌이는 이 모험에서 버즈는 가장 늦게 합류한 신참이자 최첨단 기능을 갖춘 최신형 장난감이다.

영화 초반에 버즈는 자신이 은하계를 침략하려는 악의 무리로부터 지구를 수호하는 정의의 전사라고 믿는다. 앤디의 집에 처음 도착했을 때 버즈가 가장 먼저 한 일도 우주 사령부와 교신을 시도한 것이다. 물론 응답은 없다. 버즈는 장난감이기 때문이다. 문제는 버즈 자신은 자기가 장난감이라는 사실을 알지 못한다는 거다.

이 영화를 처음 보았을 때 나는 버즈가 대학에 갓 부임했을 무렵의 나 같다고 생각했다. 버즈처럼 최첨단 지식으로 무장한 뛰어난 인재라는 게 아니라, 버즈처럼 세상 물정 모르고 꿈의 세계에 빠져 있었다는 점에서 비슷하다는 거다.

그 무렵의 나는 젊기도 했거니와 문학에 대한 열정도 뜨거웠다. 비정하고 비루한 이 세계를 구할 수 있는 것은 오직 문학뿐이라고, 문학이 역설하는 아름다움과 이상에 대한 그침 없는 추구만이 인간다움을 수호할 수 있다고 믿었다. 학생들과 함께 문학의 날개를 달고 우리를 비속하게 만드는 추악함을 넘어 새로운 세계를 꿈꾸리라!

그 믿음에 균열이 가기까지는 그리 오랜 시간이 걸리지 않았다. 먼저 학생들. 내가 만난 아이들은 내 기대와 전혀 달랐다. 전공으로 문학을 선택한 학생들을 가르치면 다를 줄 알았다. 그러나 그것은 나의 착각. 대부분은 무엇도 하고 싶지 않지만 아무것도 안 할 수 없어서 대학에 왔고, 문학을 좋아한 게 아니라 재미있게 읽은 책 한두 권이 있다는 사소한 이유로 우리 과를 선택한 아이들이었다. 그런 아이들에게 문학은 너무 무겁고 우울한 것이었다. 게임처럼 몰입의 즐거움도 주지 못하고, 한 잔의 소주처럼 즉각적인 희열을 선사하지도 못하고, 무엇보다 아메리카노 한 잔 살 방법도 알려주지 못하는 문학은, 도대체 써먹을 데가 없는데 애지중지 다뤄야 하는 선반 위 유리 장식품 같은 것에 지나지 않았다.

형편이 그러니 '문학의 날개를 달고 우주로 날아가자!'라는 외침이 아이들에게 어떻게 들렸을까. 철 지난 유행어처럼 '뭥미?'라고 차마 말하지 못했을 뿐, 거의 그런 심정이었을 것이다.

그러나 진짜 나를 좌절시킨 것은 아이들이 아니었다. 학교에 적응한 지 얼마 되지 않아 대학 구조조정이 시작되었다. 제1 타깃은 당연히 인문학 관련 학과들이었다. '인문학의 위기'라는 말이 낯선 것은 아니었다. 대학원 시절부터 귀에 못이 박이도록 들어왔던 말이었다. 그러면서도 별로 신경 쓰지 않았던 것은 문학은 원래부터 세상의 주류에 딴지 거는 것을 정체성으로 삼아 왔고 그래서 한 번도 환영받은 적이 없다는 사실을 알고 있었기 때문이다. 하지만 그런 사실을 아는 것과 실제로 천덕꾸러기 취급을 당하는 것은 전혀 다른 일이다.

그때 나는 좌충우돌 이리저리 들이받고 다니기 바빴다. 대학 구성원 중 누구도 경제 논리로 대학교육이 난도질당하는 것에 동의하지는 않았지만, 그렇다고 무조건 인문학의 가치를 옹호

하지도 않았다. (나의 착각이었겠지만) 인문학을 지켜야 한다는 주장은 자기 밥그릇을 챙기기 위한 것으로 치부되는 듯했고, 구조조정에 반대하는 이들은 학교에 무조건 반대하는 불평분자 취급을 받았다.

모이기만 하면 학교 당국의 처사와 교육부의 정책에 대한 열띤 토론이 벌어졌다. 평소에 믿고 의지하던 동료들과도 그랬다. 핏대를 올리며 인문학의 가치를 역설하던 나는 지금 생각하면 우주를 구하는 걸 사명으로 여긴 버즈처럼 비장했다.

나의 동료들도 인문학의 가치를 부정하지는 않았다. 하지만 나를 동조해주리라 믿었던 그들 대부분은 사회과학 전공자들이었다. 서베이나 실험 혹은 통계자료로 검증된 지식만을 사실로 받아들이는 그들에게 나의 주장은 근거도 없고 입증할 수도 없는 이상과 당위에 지나지 않았다.

"다 맞는 말이야. 하지만 그래서? 그래서 대안이 뭔데? 무조건 반대만 하는 거로는 문제가 해결되지 않잖아."

나에게도 당연히 대안 같은 건 없었다. 대안을 제시할 수 없어서 답답했다. 하지만 그들의 주장을 받아들일 수도 없었다. 나는 그들과 함께 대안을 찾고 싶었다.

영화에서 버즈는 결국 자신이 장난감이라는 사실을 받아들이게 된다. 그것도 하필 장난감 인생 최대 위기의 순간에 현실의 세계로 갑자기 떨어진다. 이웃집 악동에게 납치당해 감금된 방에서 수천 개의 우주 전사 장난감들이 끝도 없이 진열된 장면을 TV CF로 보게 된 것이다.

그때, 버즈의 심정은 어땠을까? 그건 어쩌면 처음으로 타자의 눈, 그러니까 문학에 별 관심도 없는 나의 학생들과, 문학의 언어와는 전혀 다른 언어로 세상을 바라보는 법을 익힌 나의 동료들의 눈으로 이제까지 내가 믿고 있던 가치를 보게 되었을 때 내가 느꼈던 감정과 비슷하지 않았을까? 내가 불시착한, 아니 (대학에 자리 잡지 못한 많은 동학과 비교하자면) 안착한 대학이라는 현실은 나에게 말하고 있었다. 너는 우주 전사가 아니라고, 네가 믿어 의심치 않았던 인문학이 절대적이고 유일무이한 가치는 아니라고.

책상 앞에서 나는 책이라는 무전기를 통해 무한의 우주와 교신할 수 있다. 문학은 그런 것이다. 그러나 책상 앞을 벗어나면 현실은 우주와 전혀 다른 문법으로 돌아간다. 나와 같은 언어를 사용하는 사람들끼리는 우주 방어 대작전처럼 거창한 문제에 대해 논의할 수도 있다. 그러나 문학과 무관하게 살아가는 더 많은 사람에게 우리의 언어는 외계어나 다름없다.

연구실 문을 닫고 들어앉아 우주와의 교신을 계속 시도할 것인가, 아니면 꿈에서 깨어나 생산성과 경제성을 최우선으로 치는 세상에 뛰어들 것인가. 나는 아직도 이 두 세계 사이에 어정쩡하게 양발을 걸치고 있다. 그 둘이 전혀 다른 세계가 아닐 텐데, 이 사이를 연결하는 일이 내게는 여전히 어렵다.

버즈가 본 CF에 "무한의 우주를 향하여"라고 외치며 우주 전사 장난감이 날아가는 장면이 나온다. 그 장면 하단에 "날지 못하는 장난감입니다"라는 자막이 흐르는 것은 묘한 아이러니다. 실제로는 날지 못하지만 무한의 우주를 꿈꾸는 것이 우주 전사 장난감 버즈의 정체성임을 말해주는 듯하다. 그것이 또한 우리 인간의 본질인지도 모른다. 그리고 인문학의 사명은 그 사실을 잊지 않도록 하는 데 있는지도 모르겠다.

버즈는 자신이 장난감이라는 것을 받아들이고 나서야 자신의 능력을 발견하게 된다. 그리고 동료 장난감들과 연대하며 위기를 이겨낸다. 나는 이것이 영화라서 가능한 일이라고 생각하고 싶지 않다. 나와 다른 언어를 쓰는 동료들, 나와 다른 세계를 살아가는 학생들과 함께 그런 일을 하고 싶다. 내게 주어진 현실은 책 속의 세계가 아니라 바로 이들이며 이들과 부대끼며 살아가는 지금, 여기이기 때문이다.

이런 생각을 하는 것을 보니 역시 나는 우주 전사 버즈가 맞나 보다. 날지 못하는, 그러나 우주를 꿈꾸는 장난감. 혹시 누가 아는가. 〈토이 스토리〉 5편이 나와 버즈가 우주와 교신을 할 수 있는 진짜 우주 전사로 밝혀질지.

괴상한 강의

학기 말은 평가의 시기다. 교수는 학생들의 학업 성취를 평가하고, 학생들은 교수의 강의를 평가한다. 자랑은 아니지만 내 강의 평가는 그리 나쁜 편은 아니다. 나름대로 자부심을 느낄 정도는 된다.

교수씩이나 되어서, 게다가 시를 가르치면서 학생의 평가에 일희일비하는 건 '격이 떨어지는' 일이라는 것쯤은 나도 안다. 나도 최선을 다해 가르쳤으면 그것으로 충분하다는 의연한 태도를 취하고 싶다. 하지만 그게 말처럼 쉽지 않다. 강의 평가 결과가 컴퓨터 화면에 뜨기를 기다리는 그 짧은 순간, 내 심정은 고객에게 물건을 권하고 반응을 기다리는 점원의 심정이 된다. 교육이 고객 만족을 최우선으로 하는 서비스 업종으로 체질 개선을 한 지 오래니 바람직한 자세라고 할 수 있을까?

강의 평가 결과 중 특히 주의 깊게 보는 것은 수업에 대한 감상이나 개선사항을 자유롭게 적는 부분이다. 이 수업을 듣고 시에 관심이 생겼다, 이제까지 들어본 수업 중 가장 대학 수업다운 수업이었다, 교수님의 열정이 느껴졌다, 학생과 소통하려는 모습이 좋았다, 같은 긍정적인 반응은 한 학기 동안의 수고를 보람으로 바꿔놓는다. 퀴즈가 너무 많았다거나 조별 토론이 힘들었다는 피드백도 있지만, 모두가 만족하는 수업이란 있을 수 없으니 참고만 한다.

가끔 나의 태도와 수업의 목표에 대해 회의적인 내용을 담은 피드백도 있다. 예컨대 조별 토의를 하라고 했지만 사실은 교수님이 원하는 정답이 있는 것 같아 답답했다거나 교수님이 너무 자기 생각을 강요하는 것 같았다, 같은 평가가 그렇다. 이런 피드백이 하나라도 있으면, 아무리 점수가 높거나 다른 좋은 말들이 많아도 신경이 쓰인다. '내 상품에 불만을 가진 고객님이 계시는구나, 환불도 안 되고 어쩌나, 다음번에는 더 좋은 서비스로 모시겠습니다'라며 결국에는 받아들이지만, 그렇게 되기까지는 시간이 필요하다.

그런데 이번 학기에 10년 동안 한 번도 받아본 적 없는 '충격적인' 내용의 피드백을 받았다. 토씨 하나 고치지 않고 그대로 옮겨보겠다.

> 현실적이지 않고 뜬구름만 잡는 수업이었으며, 정확한 정의를 내리지 못하는 철학적 이야기, 작가나 영화감독이 주고 싶은 메시지를 자신의 생각으로 덮어씌워 더럽히는 수업이었고 영화의 정확한 내용이나 상황 등은 무시하고 보이는 것과 교수의 생각으로만 설명하는 괴상한 강의다.

〈문학과 영화〉 수업에 대한 의견이다. 우리 과 2학년을 대상으로 한 전공 수업인데 어쩐 일인지 이번에는 타과의 4학년 학생들이 대거 이 수업을 신청했다. 60명 넘는 학생들과 수업하기는 무리라 오리엔테이션을 하는 강의 첫날, 이 수업이 얼마나 빡빡하게 진행될지 겁을 잔뜩 줬다. 그랬는데도 수강 정정 기간이 지나고 나자 최초의 수강인원에서 한 명도 줄지 않고 그대로 60명이 되어버렸다.

걱정과 달리 수업은 제법 진지하게 진행되었다. 여덟 편의 영화를 보고, 여덟 번의 퀴즈를 보고, 매주 토론을 하고, 다섯 번의 에세이를 써야 하는 강행군이었지만, 학생들의 만족도는 높았다. 강의 평가 점수도 높았고 자유 소감을 적는 난에도 삶에 대해, 자신에 대해, 문학에 대해 다시 생각해볼 수 있는 기회가 되어 좋았다는 소감이 대부분이었다. 그렇게 흐뭇한 마음으로 피드백을 읽어 내려가다 이 의견을 본 것이다.

익명의 군중 속에서 날아온 계란을 맞으면 이런 기분일까. 어떤 놈인지 글 하나 참 '찰지게' 썼네, 하며 선생다운 의연함을 지키려고 했지만 충격은 쉽게 가라앉지 않았다. '더럽히는', '괴상한'이라는 수식어가 특히 머리에서 지워지지 않았다. 하지만 이럴 때일수록 냉정해야 한다. 끓어오르는 배신감과 열패감에 휩싸이기 전에 어떻게 해서든 이 충격을 완화해야 한다.

당장 내가 무슨 잘못을 했는지 분석에 들어갔다. 설명을 조금 더 쉽게 해야 했나? 요약정리 유인물이라도 나눠줄 걸 그랬나? 동시에 도대체 누가 이 피드백을 썼을지 열심히 머리를 굴렸다. 중간고사 이후 내내 고개를 숙이고 있던 그 학생일까? 아니면 열심히 수업을 듣는 것처럼 연신 나와 눈을 마주치긴 했는데 내내 무표정하게 앉아 있던 그 학생? 어쩌면 마감기한을 넘긴 과제를 받지 않겠다는 말에 순순히 돌아선 그 학생인지도 모른다. 죄송하다고 생글생글 웃으며 돌아서더니 괘씸하게도 속으로는 이런 생각을 하고 있었던 것이냐?

역시 연륜은 무시할 수 없나 보다. 아무리 머리를 쥐어짜도 명쾌한 답을 찾을 수는 없었지만 시간이 지나자 마음은 서서히 평정을 되찾았다. 심지어 이 학생이야말로 내 수업의 핵심을 가장 잘 파악한 학생이라는 '괴상한' 생각에까지 이르게 되었다. 어떤 근거에서? 이를테면 이런 것이다.

첫째, 영화를 포함해 문학은 철학적 고민과 분리될 수 없다. 삶에 관해 다루고 있기 때문이다. 그러니 이 수업의 상당 부분이 철학적인 이야기들이었다는 지적은 정확하다.

둘째, 누구도 작품으로부터 정확한 내용을 뽑아낼 수 없고, 정확한 내용이라는 것도 존재하지 않는다. 작가나 감독이 전달하고자 하는 메시지를 파악하는 것이 작품 감상의 목적이라는 생각은 입시를 준비하는 수험생이나 할 법한 생각이다. 각자의 삶과 경험에서 출발해 작품을 관통한 후 그것을 자기만의 언어로 표현하고 다시 자신의 삶과 연결 짓는 것, 그것이 문학이다. 정확한 정의나 답이 없고 현실적이지 않고 뜬구름 잡는 것처럼 느껴졌다는 이 학생의 문제의식은 그런 점에서 수업을 자기 삶과 연결 지어보려고 시도해본 사람만이 도달할 수 있는 생각이다.

셋째, 작품 감상에 정해진 답은 없지만 어떤 수업이든 핵심적으로 이해해야 할 내용과 성취해야 할 목표가 있다. 즉, 모든 수업에는 교육 목표와 교육 내용이 있다. 그렇기 때문에 교수가 원하는 답과 방향이 있는 건 당연하며 교수는 바로 그 교육 목표와 교육 내용을 달성하는 데 도움을 주기 위해 존재한다. 정답을 알려주는 게 아니라 질문을 발견하도록 하는 조력자 말이다. 따라서 만약 나의 어떤 말이 답답하고 불편하게 느껴졌다면, 그것은 오히려 수업을 열심히 들었다는 뜻이다. 마음속에 이제 막 질문이 꿈틀대고 있다는 조짐이다.

무엇보다 배움이란 자연스럽고 편안한 게 아니다. 이미 알고 있던 것이 흔들리고, 잘 알고 있다는 생각이 착각이었음을 깨닫게 되는 자기 부정과 파괴의 경험이 배움의 핵심이다. 안다고 생각하는 것을 지키고자 하는 힘과 안다고 생각하는 것을 무너뜨리려는 힘 사이에서 고투하는 동안 자신의 세계가 넓어지고 깊어진다.

여기까지 생각이 미치자, 갑자기 이 피드백을 쓴 학생이 누구인지 더욱 궁금해졌다. 찾아내서 꼭 A⁺를 주고 싶었다. 그러나 익명으로 진행된 강의 평가의 작성자를 찾는 건 불가능한 일. 대신 이 학생에게 이 지면을 빌어 전하고 싶다. 그대는 진정 나의 스승이라고. 남한테 싫은 소리 들을 일 없는 게 교수인데, 그대의 쓴소리가 질문이 되어 나를 불편하게 하고 나의 신념을 흔들었다고 말이다.

역시 배움에는 끝이 없고, 세 사람이 길을 가도 반드시 스승이 있다는 옛 성현의 말씀이 참으로 맞는 말씀이다 싶다.

한번 시인은 영원한 시인?

회의 복사물을 챙겨가겠다고 업무 관련 단톡방에 글을 남겼다. 그런데 다시 보니 이런 문장이 찍혀 있다.

"봄나물 제가 준비해 갑니다."

문장 자동완성 기능이 켜져 있던 걸 몰랐던 거다.

"앗, 죄송! 봄나물 아니고 복사물이요."

급하게 고쳤지만 그새 메시지를 본 사람들이 이렇게 답을 달았다.

"복사물이 이런 아름다운 단어로 대체될 수 있군요."

"아… 시인! ㅎㅎ"

"복사물보다 봄나물이 좋아요."

등단한 지 25년이나 됐지만 시집은 고작 두 권밖에 안 냈고, 그것도 10년도 더 전의 일이니 어디 가서 내 입으로 시인이라고 말하는 일은 절대로 없다. 그런데도 나를 아는 사람들은 나를 자꾸 시인이라고 소개한다.

'한번 해병대는 영원한 해병대'라는 말은 들어본 적 있어도 '한 번 시인은 영원한 시인'이라는 말은 들어본 적 없는데, 영 민망하다.

그래도 시인이라는 게 이런 때는 좋다. 실수를 해도, 꿈같은 이야기를 해도 내 나이쯤 되면 다 아는 사실을 몰라도, 시인이라 그런가 보다, 역시 시인은 다르다며 이해해준다. 열심히 진지하게 시를 쓰는 진짜 시인들에게는 미안하지만 그럴 때는 그냥 모른 척 시치미를 뗀다.

두 개의 서랍

프로젝트 수업 때문에 학생들과 단톡방을 만들었다. 수시로 소통해야 하는 수업이라 어쩔 수 없었다. 그런데 한 학기 내내 내가 공지사항을 올려도 묵묵부답, 의견을 물어도 묵묵부답, 팀장들만 겨우 형식적으로 답을 하는 거다. 메시지 옆의 숫자는 하나하나 줄어가는데 적막만 흐르는 단톡방을 보며 참다못해 학기 말이 다 돼서 잔소리를 하고 말았다.

"누가 뭐라고 말을 하면 가타부타 대꾸하는 게 기본 아닌가?"

내 글이 올라가자마자 갑자기 부지런히 답변이 달리기는 했는데 이해가 잘 되지 않았다. 해명 내지는 변명 비슷한 말들 사이에 끼어 있는 '죄송하다'는 말만 눈에 들어왔다. 내가 진짜 꼰대라도 된 것 같아 마음이 불편해졌다.

나는 정말 이 상황을 이해하고 싶었다. 이해하려는 시도도 안 해보고 '요즘 아이들은 말이야'로 시작하는 험담을 하고 싶지는 않았다. 만나는 학생마다 상황을 설명하고 이것을 어떻게 받아들이면 좋을지 물어봤다. 그들의 대답은 간단했다. 다른 일을 하던 중에 문자를 확인해서 대답하는 걸 잊어버렸을 가능성이 높다는 것.

그럴지도 모른다. 그럴 수도 있다. 그러나… 나는 여전히 이해가 안 됐다. 아무리 그래도 동료도 아닌 교수의 말을 잊어버린다고? 내가 학생들에게 그만큼 권위적이지 않은 교수로 인식되고 있다는 건가? 아니면 반대로 무시하는 건가?

물론 나도 안다. 사람마다 '기본'이라고 생각하는 게 다르다는 것을. 세상에 '당연'한 일 따위는 없다는 것을 안단 말이다. 예전에 우리 엄마도 '그게 그렇게 어렵냐'는 말을 입에 달고 사셨다. 낮에 준비물을 미리미리 챙겨놓는 게 그렇게 어렵냐? 물건 쓰고 나서 제자리에 두는 게 그렇게 어려워? 그런데 그 시절 나는 그런 일들이 그렇게 어려웠다.(사실 지금도 어렵다.)

머리로는 알겠는데 받아들여지지 않았다. 게다가 약간의

오기와 서운한 마음마저 들었다. 이를테면, 선생의 역할이 무엇인가, 아무리 어려운 일이라 해도 해야 하는 일이라면 하도록 지도하는 게 선생 아닌가, 같은 오기. 그리고 자기들은 출석이나 과제 때문에 아무 때나 내게 문자를 보내고 그때마다 나는 동동거리는 그 마음을 헤아려 꼬박꼬박 답변해주었는데 이건 뭔가 상호호혜의 원칙에도 어긋난다.

이 상황을 꼭 이해하고 말리라는 이상한 고집에 이번에는 만나는 교수마다 붙잡고 의견을 물어봤다.

A: 아예 학생들과의 단톡방을 만들지 않는다. 수업 시간 외에는 아이들과의 소통을 최소화하고 적당한 거리를 유지하는 게 필요하다.

B: 학생들끼리 서로 눈치를 보느라 답을 안 했을 것이다. 교수 말에 즉시 대답하면 다른 학생들이 교수한테 잘 보이려고 한다고 생각할까 봐 주저하는 것이다.

C: 처음부터 교수가 보내는 메시지에는 답을 하지 말라고 한다. 메시지 알람은 공해고, 스무 살 넘은 성인들이니 공지했으면 그걸로 끝. 선택은 학생 각자의 몫이다.

D: 자식을 키워보면 이해할 수 없는 일투성이다. 그냥 그런가 보다 하고 받아들이는 게 정신건강에 좋다.

그 외 얼마나 많은 사람에게 이 문제에 관한 고민을 털어놓았는지 모른다. 그만큼 내게는 이 문제를 이해하는 것이 큰 도전이었다. 하지만 그 어떤 대답도 나를 완전히 납득시키지는 못했다. 결국 나는 다음과 같이 결론을 짓기로 했다.

이를테면, 서랍이 두 개밖에 없는 책상이 있고 세상에 존재하는 모든 문제를 하나도 빠짐없이 두 개의 서랍에 나눠 넣어야 한다고 가정하는 거다. 하나는 이해할 수 있는 문제를 넣는 서랍이고, 다른 하나는 이해할 수 없는 문제를 넣는 서랍이라면, 학생들이 단톡방에서 교수인 내 문자를 '씹는' 문제는 두 번째 서랍으로 직진. 요컨대 요즘 아이들은 그냥 우리랑 다르다고 받아들인다.

그렇다고 이것이 자포자기나 비하의 뜻은 아니다. 세상에는 어떤 이유나 원인 없이 그저 다른 것들이 존재하니까. 그리고 나는 그러한 존재를 인정하게 되었다는 것이니까. 아무리 애를 써도 이해가 안 될 때 '도대체 이해가 안 돼'라고 투덜거리는 건 자유지만 다른 건 그냥 다른 거다. 그런 문제는 그냥 '그렇구나' 하고 받아들여야 한다. 그렇지 않으면 상대방을 이상한 사람으로 만들어버리거나 내가 이상한 사람이 되기 십상이다.

이해해야 할 것이 있다면 나와 다른 생각과 행동을 하는 타자가 아니라 나 자신이다. 교수의 카톡을 '씹는' 아이들에 대해서도 저토록 다른 생각을 하지 않는가? 아예 신경 쓰지 않는 사람도 많은데 이토록 집착하는 내가 어떤 사람에게는 이해가 안 될 수도 있다.

그리하여 나는 카톡을 '씹는' 아이들에 대한 문제를 두 번째 서랍에 넣고, 대신 나에게 돋보기를 들이대 보기로 했다. 내가 알게 된 것은 이런 것들이다. 이유를 알기만 하면 모든 걸 다 이해할 듯 굴지만 그건 내 착각이라는 사실, 내가 원하는 이야기나 내가 듣고 싶은 답이 아니면 이해하기는커녕 귓등으로도 듣지 않는 사람이라는 사실, 그러니까 나와 다른 것을 이해할 만한 아량 따위는 갖추지 못한 사람이라는 사실. 또 있다. 나는 학생들과 허물없이 지내고 싶어 하면서 동시에 학생들에게 강력한 영향력을 행사하고 싶어 한다.

오늘 아침에 '직장 내 괴롭힘 금지법'이 시행된다는 기사를 봤다. 상사가 매일 아침 일과가 시작되기 전에 카톡으로 업무 지시를 남겨 놓는데, 답을 하지 않으면 "왜 답이 없냐"는 카톡을 보낸다는 이야기였다. 도대체 이런 상사들은 왜 그러는 걸까, 의아해하던 찰나 깨달았다. 그 상사가 바로 나라는 사실을. 그러니까 나는 나조차도 이해할 수 없는 사람인 것이다. 나는 '나'라는 문제도 조용히 두 번째 서랍에 넣어두기로 한다.

입은 닫고 지갑은 열고

졸업한 제자가 찾아와서 함께 점심을 먹고 커피를 마시러 갔다. 식당에서 멀지 않은 곳에 있는 카페는 프랜차이즈점이 아니어서 지나다니며 눈여겨보던 곳이었다. 향초며 디퓨저, 향수 같은 것들을 팔기도 하고 직접 만들어보는 체험도 할 수 있는 작은 가게였다. 주문한 커피가 나오길 기다리며 선반에 진열된 아기자기하고 예쁜 물건들을 구경하던 나는 문득 카페 사장에게 물었다.

"여기 손님 별로 없죠?"

젊은 여자 사장은 내 질문에 당황한 것처럼 보였다. 의혹이

가득한 표정으로 "그건 왜 물어보시는데요?"라고 반문했다.

나는 낯선 사람에게 먼저 말을 거는 타입이 아니다. 카페나 펍 같은 데 가서도 바에는 절대 앉지 않고, 바에 앉아도 바리스타나 바텐더에게 말을 걸지 않는다. 오히려 말을 걸어올까 봐 눈길을 피한다. 그런데도 그 카페 사장에게 그런 질문을 한 건 진심으로 걱정됐기 때문이다. 10년간 이 앞을 지나다니며 이 자리의 가게들이 얼마나 자주 바뀌는지 보아왔다. 지하철역 바로 옆에 있으면서도 주변이 주택가라 유동 인구도 적고 학생들도 셔틀버스에서 내리자마자 지하철을 타고 더 번화한 시내로 나간다.

평소에도 동네에는 작고 개성적인 가게들이 있어야 한다고 생각해온 나는, 이 카페가 생긴 게 반가웠고 직접 들어와 보니 그런 마음이 더 커졌다. 그러니까 이 가게가 오래 운영되었으면 하는 마음에서 물어본 것뿐인데, 사장의 반응이 적대적이니 나도 당황스러웠다. 오해를 한 게 분명했다.

"아, 지나다니며 자주 봤는데 손님이 별로 없는 것 같아서요."

이런, 바보 같으니라고, 이건 아니다. 이렇게 말하면 이 카페를 무시하는 것처럼 들릴 수 있다. 아니나 다를까, 사장은 "아니에요. 저희 손님 많아요"라고 (내가 보기에) 뾰로통한 표정으로 대답했다. 역시나 내가 자기 가게를 무시한다고 받아들인 게 분명했다. 어떻게든 그 오해를 풀어야 했다. 나는 비굴할 정도로 나긋나긋한 목소리로 다시 덧붙였다.

"그렇구나. 다행이다. 이렇게 작고 예쁜 카페가 잘되면 좋겠다고 생각했거든요."

다행히 제자도 옆에서 "맞아요. 이런 곳이 잘돼야 해요"라며 내 말을 거들었고, 마침 그 순간 커피도 나왔다. 그 바람에 대화는 어영부영 마무리됐지만 아무래도 오해를 푸는 데는 실패한 게 틀림없었다. 사장은 커피를 내 주고는 우리가 나갈 때까지 내내 스마트폰만 들여다봤다.

학교로 돌아오며 여러 가지 생각이 들었다. 평소 내 말투가 그다지 사근사근한 편은 아니다. 그렇다고 오늘 말투가 평소보다 더 무뚝뚝했던 것 같지도 않다. 그런데도 상대방이 기분 나빴다면 뭐가 문제일까?

얼마 전 연구 교수들과의 저녁 약속이 생각났다. 회의 때문에 알게 된 사이였지만 30대의 젊은 여성들과의 대화는 재미있었다. 교육학 전공자들이라 교수법에 대해 배울 것도 많고 요즘 젊은 사람들이 어떤 생각을 하는지 알게 되는 것도 좋았다. 이야기도 잘 통한다고 (나는) 생각했다. 비정년제라 신분이 불안정할 텐데도 (혹은 비정년이기 때문에) 누구보다 열성적이고 진지하게 학교 일을 하는 그녀들은 박사논문을 쓰며 가정까지 돌보고 있었다. 그런 그녀들이 대단해 보이고 안쓰러웠다. 그런 마음에 논문심사가 끝나면 술이나 한잔하자며 잡은 약속을, 방학을 맞이하여 드디어 실행하기로 했다.

나는 어디에 가든, 무엇을 먹든 상관없었다. 실제로 무엇이든 잘 먹고 어떤 분위기든 다 좋아하기도 했지만, 무엇보다 새로운 친구를 사귈 수 있다는 게 나에게는 중요했다. 그런데 조금 이상했다. 어느 동네가 편할지, 어떤 음식을 좋아하는지, 어떤 분위기를 좋아하는지, 나를 초대한 단톡방에서 그녀들은 계속 내 의견을 물어왔다. 열심히 조사한 게 분명한 식당 리뷰가 무려 다섯 개나 연달아 올라오자, 아차 싶었다. 내 생각과 달리 나는 그들에게 그저 편한 사람일 수 없다는 것, 오히려 신경을 써야 하는 사람일 수도 있다는 것을 뒤늦게 깨달은 것이다.

선의와 호감이 왜곡되는 것은 말투 때문만은 아닐지도 모른다. 여기에는 나이와 직급, 성별같이 복잡한 문제가 얽혀 있다. 이런 것들 때문에 호의는 오지랖이 되기 쉽고, 조언은 꼰대질이 될 수도 있다.

게다가 나는 가르치는 일을 업으로 삼는 사람이다. 자칫하면 권위적이고 독선적인 사람이 되기 딱 좋은 직업이다. 그러고 보면 이제까지 친절하지 않다고 불쾌해했던 모든 순간도 사실은 상대방이 아니라 나에게 원인이 있었던 것인지 모른다. 사람들이 알아서 맞춰준 것도 모르고 그걸 당연하게 생각하며, 어쩌다 그렇지 않은 사람들을 만나면 무례하다고 분노했던 것은 아닐까?

(쓰다 보니 갑자기 이런 의심도 든다. 어쩌면 그날, 그녀들이 즐거워 보였던 것도 사실은 나에게 맞춰주기 위한 노력의 결과가 아니었을까? 하지만 그럴 이유가 뭐가 있을까? 나는 그들의 인사권자도 아니고, 인사에 영향을 미칠 만큼 영향력 있는 사람도 아닌데.)

나는 계속해서 나이를 먹을 것이다. 실제로는 그럴 자격이 없는 경우도 많지만 우리 사회에서 교수라는 직업은 그 자체로 권위를 갖는다. 이런 것들은 내가 원하지도 않는 계급장이 될 것이다. 내가 내 의도와 상관없이 누군가에게는 존재 자체로 불편할 사람이 될 가능성이 커진다는 뜻이고, (동갑내기끼리만 친구가 되는 우리 사회에서는) 마음 맞는 친구를 사귈 기회가 점점 줄어든다는 뜻이다. 그렇게 생각하면 조금 서글프다.

'나이 들수록 지갑은 열고 입은 닫으라'는 말이 있다. 그런데 나는 그 말이 영 마음에 들지 않는다. 왠지 비겁한 것 같다. 지갑을 열기 싫어서가 아니다. 지갑도 열고 입도 열고 싶어서다. 나이가 들어도 젊은 사람들과 이야기하고 싶다. 그들의 새로운 생각을 배우고 내가 알고 있는 것에 관해 이야기해주고도 싶다. 그렇게 서로 다른 두 세대, 아니 두 세계와 경험들이 한데 섞여 서로를 이해하고 서로에게 자극이 된다면 인류는 얼마나 눈부시게 발전할 수 있을까?

나도 안다. '인류의 발전'이니 '하나 됨'이니 하는 생각부터가 꼰대답다. 그러나 이런 꿈과 기대를 포기하지 않는 것이 꼰대라면, 꼰대도 나쁘지 않은 것은 아닐까, 라고 쓰고 보니 이것도 꼰대 같은 생각이다.

하지만 젊은 사람 중에도, 또 같은 직급끼리도 꼰대스러운 사람이 있으니 꼰대는 꼭 나이나 직급의 문제가 아닐지도 모른다. 중요한 건 얼마나 서로를 궁금해하고 서로의 말을 잘 들어주느냐일 것이다. 그런 의미에서 지하철역 앞 카페에 자주 가서 커피를 팔아주고 연구 교수님들에게는 자주 조언을 구해야겠다고 쓰고 보니 역시 꼰대가 되지 않는 방법은 입은 닫고 지갑을 여는 것뿐인가 싶다.

가르치는 사람의 마음

〈백종원의 골목식당〉이라는 프로그램을 가끔 본다. 장사가 안되는 작은 식당들을 찾아다니며 백종원이 문제점을 진단해주고 레시피도 전수해주는 일종의 요식업 컨설팅 프로그램이다.

내가 이 프로그램을 재미있게 보는 이유는 요리에 관심이 있어서나 식당을 차려볼까 하는 생각이 있어서가 아니다. 나는 이 프로를 볼 때마다 배운다는 것, 그리고 가르친다는 것에 대해 생각하게 된다. 아무리 가르쳐주어도 그것을 듣고, 이해하고, 받아들이는 정도가 천차만별이라는 것을 이 프로만큼 잘 보여주는 것도 없다. 머리로 받아들이는 것과 행동이 바뀌는 것이 완전히 별개라는 것도 생생하게 보여준다.

이 프로그램에 참가하는 식당 주인 가운데는 문외한인 내가 봐도 도대체 무슨 배짱으로 장사를 시작한 건가 싶을 정도로 요리와 장사에 대한 기본이 안 갖춰져 있는 사람이 많다. 하지만 그런 만용과 호기로움이 없었다면 요즘처럼 어렵다는 시기에 식당을 열지도 못 했을 것이고, 무엇보다 '만용'이라면 나도 일가견이 있는지라 그들을 무턱대고 비난하지는 못한다.

하지만 배우려는 자세, 개선하려는 노력이 안 보이는 출연자들은 이야기가 다르다. 전문가의 도움을 받아 인생을 바꿔보겠다는 절실한 마음으로 참가 신청을 한 것일 텐데도 핑계를 대거나 자기 고집을 부리는 출연자들을 보면 이해는 고사하고 정말이지 화가 나서 참을 수가 없다. 저러려면 뭐 하러 나온 거야.

아마 글을 쓰고 싶다고 하면서 글은 쓰지 않고(아니, 글을 쓰고 싶으면 글을 쓰라고!) 조언을 해주면 되레 나를 설득시키려 드는(나를 설득시키지 말고 독자들을 설득시키라고, 글로) 일부 학생들이 떠올라서 그런지도 모른다. 그러면서 동시에 위안을 받기도 한다. 사회생활도 할 만큼 해봤을 다 큰 어른들도 저러니 세상 모르는 스무 살짜리가 그러는 건 어쩌면 당연한 일이라는 생각 때문이다.

내가 정말 놀라는 건 백종원의 태도다. 나는 그를 보면서 선생의 자세는 어떠해야 하는지를 배운다. 어떤 상황에서도 (방송이라 그럴 수도 있지만) 절대 흥분하지 않고 차분하게, 그러나 정확하게 문제점을 지적하고, 해결 방법을 가르쳐준다. 그리고 변할 때까지 기다려준다. 정말이지 굉장한 인내심과 관용이다. (아무리 방송이라 해도) 나라면 '당장 때려치워!'라고 소리 지르거나 내가 방송을 때려치우겠다고 할 것 같은데 그는 절대 그러지 않는다.

그러던 백종원이 얼마 전에 폭발했다. 이전에 컨설팅해주었던 식당들이 제대로 운영되고 있는지 점검하는 편이었다. 1회 때 컨설팅해준 식당에 1년 반 만에 들른 백종원은 큰 충격을 받는다. 식당은 그야말로 엉망진창. 컨설팅받기 전의 상태로 돌아간 것도 부족해서 음식 맛에 의문을 표하는 손님들에게 주인은 백종원 음식 맛이 원래 이렇다고 우기고, 백종원이 가르쳐준 레시피라고 속이며 새로운 메뉴까지 선보이고 있었다.

백종원은 그야말로 아연실색. "나랑 이렇게 하기로 약속했나요?"라고 몇 번씩 묻던 그는 결국 '배신감'이라는 표현까지 쓰며 서운함과 화를 참지 못해 눈물까지 비추고 만다.

아, 백 대표도 별수 없구나. 현명하고 자신만만한 멘토가 시험에 들었구나. 왠지 쌤통이라는 못된 생각과 함께, 학생들 때문에 비슷한 감정을 느낀 적이 있는 나는 묘한 동질감을 느꼈다.

하지만 며칠 전 치과를 다녀오고 나서 나는 그게 얼마나 오만한 생각인지 깨달았다.

1년 만에 다시 찾은 치과였다. 잇몸이 붓고 피가 났다. 연구년을 마치고 귀국했을 때도 같은 증세 때문에 돌아오자마자 치과부터 찾았었다. 6개월쯤 치료를 받았더니 증세가 호전됐다. 슬슬 꾀가 났다. 치간 칫솔을 사용하라는 당부도 무시하고, 석 달에 한 번 정기 검진을 받는 날에도 가지 않았다. 그랬더니 이 사달이 난 것이다.

오랜만에 다시 만난 의사 선생님은 상태가 도로 나빠졌다면서 잇몸 치료를 시작해야 하며, 어쩌면 이를 빼야 할 수도 있다고 말했다. 의사 선생님은 "나랑 이렇게 하기로 약속했나요?"라는 말로 나를 책망하지 않았다. 자기의 처방을 지키지 않았다고 화를 내지도 않았다. 당연히 백종원처럼 눈물을 흘리며 배신감 운운하지도 않았다.

환자를 대하는 태도가 사무적이라고 불평하는 게 아니다. 내가 말하고 싶은 것은 나도 백종원의 멘티들과 다를 게 하나도 없다는 사실이다. 혹은 나의 학생들과 다를 게 하나도 없다는 사실. 방법을 가르쳐줘도 따르지 않고, 하던 대로 고집을 부리고, 적당히 하면서 좋은 결과만 바라는…. 내가 도움이 필요해서 찾아가 놓고는 말이다.

그렇다. 사람은 원래 어리석고 좀처럼 변하지 않는 존재이다. 머리가 좋고 나쁘고의 문제가 아니다. 많이 배우고 못 배우고의 문제도 아니다. 심지어 간절함의 문제도 아니다. 방법을 몰라서 못 하는 경우도 있지만 안다고 다 하는 것도 아니다. 이를 관리하는 방법을 몰라서 내 치아 상태가 나빠진 게 아닌 것처럼 말이다. 그냥, 변하기 싫은 거다. 하던 대로 하는 게 가장 편한 거다. 인간은 그런 존재인 거다.

나의 고민은 여기에 있다. 나조차도 변하기 싫어하는데 도대체 누구를 변화시킨단 말인가? 아무도 변화시킬 수 없다면 선생은 도대체 어떤 일을 해야 하는 걸까? 배우는 사람의 입장이 되어 생각해봐도 뾰족한 대답을 찾지 못하겠다. 나도 백종원처럼 학생들에게 내 열과 성을 다 쏟아 부어보기도 하고, 치과 의사처럼 아주 사무적으로 정확히 내 할 도리만 하기도 해봤다.

그래도 모르겠다.

어쩌면 영영 답을 찾을 수 없을지도 모른다. 다만, 가르치는 일을 하는 한, 가르치는 일을 포기하지 않는 것만이 선생이 할 수 있는 유일한 일이 아닌가 싶다. 내 눈앞에서가 아니더라도 언젠가는 그 가르침 때문에 그의 삶이 변할 수도 있으니까. 끝내 변하지 않는다 해도 그 가능성을 내가 함부로 단정 지을 수는 없으니까.

로열패밀리 프로젝트

우리 집은 소위 '문학가' 집안이다. 나는 아빠와 마찬가지로 현대시로, 내 동생은 고전산문으로 박사학위를 받았다. 동생과 나는 둘 다 대학교 3학년 때 시로 등단했는데, 이로써 우리 네 식구는 엄마까지 포함해서 전원 시인이 되었다. 직접 보지는 못했지만, 우리의 등단 소식을 들었을 때 아빠는 그야말로 온 집안을 겅중겅중 뛰어다니며 춤을 추셨다고 한다. 동네 입구에 현수막을 내 걸지 않은 게 다행이다.

아빠는 이런 우리를 꽤 자랑스러워하셨다. 그럴 만도 한 게, 아빠는 소위 자수성가형 인물로 가문을 세우는 게 필생의 목표였다. 일명 '로열패밀리 프로젝트'.

로열패밀리 프로젝트에 관해 이야기하려면 먼저 아빠의 파란만장한 일대기를 소개할 필요가 있다. 우리 아빠로 말할 것 같으면 가난한 집 8남매의 장남으로 태어나 집안의 지원은 커녕, 학교도 못 가게 책가방을 뺏는 부모 밑에서 귀인의 도움으로 간신히 2년제 교육대학을 나와 초등학교 교사가 되었다. 그러나 집안을 돌봐야 한다는 책임감 때문에 교직을 그만두고 각종 사업에 손댔다가 번번이 사기를 당해 극단적인 선택까지 생각할 만큼 궁지에 몰린다. 그 와중에도 공부를 손에서 놓지 않고 시련과 고난을 오히려 시로 승화시키며 마침내 박사학위를 따고는 마흔에 국립대 교수가 된다. 그러나 아빠의 파란만장은 거기서 그치지 않는다. 지역의 텃세에도 굴하지 않고 제자들을 줄줄이 시인으로 등단시키고, 문예지를 창간해 전국을 누비시더니, 그것으로도 모자라 전자책이 지금처럼 상용화되기도 훨씬 전에, 한국 문학 작품들을 모두 디지털화해 온라인으로 서비스할, 소위 '한국 문학 전자도서관'이라는 걸 구축하느라 집과 퇴직금을 모두 날린 분이다. 그런 만큼 아빠가 자식들에게 거는 기대는 컸다. 소작농인지 몰락한 양반인지도 모를 집안을 일으켜 세우리라는 포부.

로열패밀리 프로젝트가 본격적으로 시작된 건 아빠가 교수가 된 후부터였다. 그전까지는 집안일이며 자식들에게 관심을 기울일 여유가 없었다. 내 기억에 아빠는 언제나 밖으로만 나다니셨다. 사업할 때는 사람들을 만나느라, 사업에 실패하고는 사람들을 피하느라 그랬으리라 짐작한다. 집에 계신 날에는 밤새 시를 쓰다 아침이 돼서 잠자리에 드는 눈치였고, 내가 집에 돌아와 보면 이미 외출해서는 저녁을 먹고도 한참 지나서야 술에 얼큰히 취해 들어오시곤 했다.

그러던 분이 교수가 되고 나서 우리의 삶에 개입하기 시작했다. 로열패밀리 프로젝트의 1차 목표는 당연히 자식들의 일류대학 진학. 성적표가 나오는 날이면 앉은뱅이 밥상 앞에 나를 앉히고는 과목별로 점수를 짚어가며 실패요인을 분석하고 계획을 세우게 했다. 고3 때는 진학 면담에 갔다가 내 점수로는 서울대에 가기 어렵다는 담임선생님의 이야기를 듣고 곧장 차를 달려 억새가 흐드러지게 핀 제주 중산간의 초원에서 망연자실한 채 한참 동안 제주 바다를 바라보았다고 하실 정도니 그 욕망이 얼마나 강렬했는지 짐작할 만하다. (아빠는 나의 고3 담임선생님을 지금까지도 싫어하신다.)

그러나 로열패밀리 프로젝트를 성공시키기 위해서는 일류대학 진학만으로 충분하지 않았다. 아빠는 우리가 당신과 같은 전공을 선택하길 원하셨다. 우리의 DNA에 이과적인 피가 흐르지 않는다는 아빠의 주장은 냉철한 분석의 결과인지, 아니면 당신이 잘 아는 분야에 진출해야 우리를 도와줄 수 있다는 전략적 판단이었는지는 알 수 없다.

다행히 나도 다른 어떤 것보다 문학에 관심이 많았다. (당연한 일이 아니겠는가. 책꽂이에는 온통 문학잡지가 꽂혀 있고, 밥상머리에 앉아서 하는 이야기라고는 문학 이야기밖에 없고, 주말마다 방영되는 명화극장은 꼭 챙겨봐야 하는 집에서 자라면 그렇게 되지 않는 게 더 어렵다.) 그럼에도 불구하고 국문과를 가고 싶은 생각은 없었다. 아빠가 모르는 분야를 선택해 아빠의 시야를 벗어나야 자유로워질 수 있을 것 같았다.

아니나 다를까, 우여곡절 끝에 국문과에 진학하니 아빠는 내 시간표까지 관리하기 시작했다. 무슨 과목을 신청했는지 점검하고, 과제가 나오면 제출하기 전에 아빠에게 보여드려야 했다. 저학년 때까지는 꼼짝 못 하고 그 말을 따랐다. 아빠의 그와 같은 열성 때문인지 아니면 운명인지, 그것도 아니면 아들이 없는 걸 대놓고 아쉬워하던 아빠의 한탄을 협박으로 받아들인 내 소심함 때문인지 나는 악착같이 노력했고 아빠의 소원대로 아빠의 뒤를 잇게 되었다.

고분고분 순종적이었던 나와 달리 똑 부러지고 주관이 뚜렷

한 여동생은 대학에 갈 때는 수학을 전공하겠다고, 대학원에 갈 때는 철학을 전공하겠다고 나름 반항을 해보았지만 결국 국문과에 진학했다. 그래도 현대소설을 전공하길 바라던 아빠의 기대를 무시하고 고전산문이라는 '비주류(?)'를 선택하는 결단을 감행한다. 그 결과, '현대문학 전공자 집안'을 만들겠다는 아빠의 빅 픽처에 차질이 빚어지는 듯했다. 그러나 그것도 잠시, 동생이 고전소설 전공자와 결혼하면서 이 프로젝트는 더 큰 판으로 새로 짜이게 된다. 바로 사위들까지 포함한 로열패밀리를 이루는 것. 아빠는 집안에 현대시, 고전산문, 고전소설 전공자가 있으니 현대소설 전공자를 첫째 사위로 들여 명실공히 한국 문학계의 종합선물세트, 아니 학자 집안을 만들어보자는 야망을 갖게 된 것이다.

어떻게 두 자식 모두 아빠 뒤를 잇게 했느냐고 부러워하는 사람들 앞에서 아빠는 서슴지 않고 말하곤 했다. "우리 큰 딸은 내가 시간표까지 관리했어. 기획 상품이야." 그때마다 나는 부끄러워서 화가 났지만 아빠는 그 사실을 진짜 자랑스러워하셨다. 지금도 생각난다. 신춘문예에 당선하고 시상식이 있던 날, 축하해주러 온 하객 중에 내 친구는 하나도 없었고, 양가 친지들과 아빠의 문단 동료들만 잔뜩 있었다. 주관 신문사나 그 자리에 참석했던 선배 문인들이 나를 어떻게 보았을지 생각만 해도 얼굴이 빨개진다.

그때의 부끄러움은 오랫동안 나를 사로잡았다. 나는 내 일에 만족할 수 없었다. 이 길이 오롯이 내가 선택한 게 아니라 아빠의 인생 프로젝트의 일환에 불과하다는 생각 때문이었다. 아빠 덕을 봤다는 오해를 받기 싫어 그토록 악착같이 공부하느라 빠져버린 내 머리카락도, 모범생으로 살아온 시간도 아까웠다.

나는 가끔 아빠가 아니었어도 문학을 전공했을까 생각해본다. 공부를 하지 않았더라면 무엇을 했을까 생각해보기도 한다. 잘 모르겠다. 하지만 이제 그런 문제는 중요하지 않다. 교수가 얼마나 명예롭고 대단한 직업인지는 모르겠지만 적어도 젊은이들과 함께 삶에 대해 끊임없이 고민할 수 있다는 게 좋다. 문학을 가르쳐서 더 좋다. 학생들에게 미친 속도로 돌아가는 세상을 좇아가라고 이야기하지 않아도 돼서, 속도가 놓치는 것들, 경쟁이 잊혀버리는 세상의 다양한 결들을 더듬어 보는 일이라서, 그 일을 함께하자고 초대하는 일이라서 좋다.

게다가 어떤 직업이 이렇게 자유롭게 자기 꿈을 좇아 살 기회를 주겠는가. 내가 어렸을 때 가보지 못한 샛길을 이제라도 기웃거릴 수 있는 것도, 색색의 구슬들처럼 서로 무관해 보이는 그 길들의 경험으로 나만의 이야기를 써낼 수 있는 것도 교수라서, 그것도 문학을 전공했기 때문에 가능한 일이다.

세상에 순수한 자발적 동기나 욕망 같은 건 없다. 부모의 기대나 욕망이 아니더라도 우리는 누군가, 혹은 무엇인가의 욕망을 내 것으로 삼아 살아간다. 중요한 건 결국 그 길을 실제로 걷는 것은 나 자신이라는 사실이다. 다른 누구도 그 길을 대신 걸어줄 수 없다. 그리고 나는 제법 그 길을 성실히 걸어왔다고 생각한다. 그런 내가 대견하고, 그 길로 초대한 아빠에게 감사한다.

그래서 우리 아빠의 로열패밀리 프로젝트가 성공했느냐고? 글쎄, 절반의 성공이라고나 할까? 나와 제부는 감사하게도 교수까지 됐고, 동생도 결혼과 함께 미뤄졌던 박사논문을 얼마 전에 성공적으로 마무리했다. 하지만 한국 문학계의 종합선물세트는 여전히 미완인 채로 남아 있다. 내가 현대소설 전공자는 고사하고, 이제는 딱히 결혼하고 싶은 마음이 없기 때문이다. 역시 사람은 모든 걸 다 가질 수는 없나 보다.

알고 보면
지주

내게는 부모님이 모르는 비밀이 하나 있다. 아니 부모님만 모르는 비밀이다. 이 비밀을 아빠가 알면 빚만 지고 포기한 한국문학 전자도서관의 꿈에 다시 불을 지필까 봐, 엄마가 알면 걱정하실까 봐 말을 못 하고 있다.

하지만 내가 저지른 이 일을 가까운 지인들에게는 마구 이야기하고 다녔다. 임금님 귀는 당나귀 귀라는 사실을 혼자만 알고 있을 수 없어 대나무숲을 찾았다는 두건쟁이처럼 내가 얼마나 바보 같은지를 혼자만 알고 있을 수 없었다. 맞다. 일종의 자폭이다.

그 비밀이 무엇이냐면, 나는 '지주'라는 사실이다. 지주, 땅 주인 말이다. 맞다. 러시아의 농노들이 죽창을 들고 혁명을 일으켜 세계를 발칵 뒤집어지게 만든 그 지주, 일제강점기 신경향파 소설에서 가난한 동포들의 피를 빨아먹는 존재로 등장하는 바로 그 지주, 요즘 말로 하면 땅 투기꾼의 대열에 나도 합류한 것이다.

토지대장등본과 땅문서는 오색 천으로 만든 주머니에 담겨 등기로 배달됐다. 실물로는 한 번도 본 적 없는 사주단자 주머니와 비슷할 듯했다. 주머니를 열자 관련 서류 가장 앞에 A4 용지가 끼워져 있었다. 거기에는 궁서체로 '지주가 되심을 축하드립니다'라고 인쇄되어 있었다. 그걸 보자마자 혼자서 미친 듯이 웃었던 기억이 난다.

이런 식으로 말하니 혹시 사기당한 건 아닐까 걱정하는 독자들도 있겠다. 미리 말하자면 사기는 아니다. 땅도 진짜로 있고, 등기부등본을 인터넷으로 발급받아서 그 지번이 내 명의로 되어 있는지도 확인했다. 하지만 이 땅을 사게 된 계기를 말하면, 다들 실소를 금치 못할 것이고, 당했다고(!) 생각할 것이다.

어느 날, 평소 친하게 지내는 교수님을 우연히 만났다. 가벼운 안부를 나누다가 교수님이 갑자기 내게 좋은 것을 소개해주겠다고 했다. 요즘 세상에 연금만 믿고 살 수는 없다며 부동산 투자를 제안하신 것이다. 전문가에게 내 전화번호를 알려줄 테니 한 번 들어보기나 하라는 말에 건성으로 알았다고 대답했는데, 헤어지자마자 바로 전화가 올 줄은 몰랐다.

이 지점에서 이 교수님이 믿을 만한 분이라는 사실을 강조해야겠다. 능력 있고 성실한 것은 기본이고 학교의 큰일을 도맡아 하면서도 절대로 흰소리를 하거나 남의 공을 가로채지 않는 분이다. 그래서 늘 배울 점이 많다고 생각해왔다.

그래도 내가 무슨 생각으로 전화를 받자마자 직접 그 부동산 사무실을 찾아갔는지 모르겠다. 날씨가 무더웠던 거로 기억하는 걸 보니 여름방학이고, 지독히도 심심했던 모양이다.

부동산 회사는 빌딩의 한 층을 통째로 사무실로 쓰고 있었다. 손님을 안내하는 데스크에는 맵시 있게 정장을 차려입은 아가씨가 있었고, 고급스러운 소파가 놓인 사무실 벽에는 부산 인근의 지도들이 크게 확대되어 걸려 있었다.

결론만 간단히 말하자. 나는 그날 그 자리에서 땅을 계약했다. 직접 가보지도 않고, 등기부등본을 확인하지도 않고, 간단한 설명만 듣고 부동산 사무실 소파에 앉아 덜컥 계약서에

날인을 한 것이다! 평수는 코딱지만 하지만 땅을 담보로 대출을 받고도 모자라 신용대출까지 받아야 하는 금액이었다. (쓰다 보니 여전히 이해 안 되는 게 한둘이 아니다. 은행에서는 아직 내 것으로 확정되지도 않은 땅을 어떻게 담보로 잡아준 걸까? 그리고 대출받은 것 말고는 내 돈이 들어간 게 하나도 없는 이 땅은 내 땅인가 아닌 것인가?)

인근에 대단위 공업단지가 이미 들어서 있고, 아파트 단지도 곧 들어설 거라고 했다. 부산과 울산을 잇는 고속도로 톨게이트가 바로 옆에 있어서 가치가 높고 무엇보다 대출 금리가 형편없이 낮기 때문에 몇 년만 대출 이자를 물면 땅값이 몇 배는 오를 거라고 했다.

부자가 되고 싶었던 걸까? 그럴지도 모르겠다. 아니면 내게도 일확천금을 노리는 도박꾼, 좋은 말로 해서 '프런티어'의 피가 흐르고 있는지도 모른다. 우리 할아버지는 만주에 가서 벌어온 돈을 도박으로 몽땅 날리셨다고 한다. 우리 아빠는 국립대 교수로 있으면서도 한국문학 전자도서관을 만드는 데 가산을 탕진해 신용불량자가 되었고 그 이전에도 사업을 하면서 사기당한 전력이 꽤 있다. 삼촌들 중에는 증권에 손을 댔다가 돈을 날리거나, 발명품을 만들어 돈 벌 궁리를 하신 분도 있다.

조금 더 그럴듯한 이유를 대자면, 그때 나는 돈의 가치를 비로소 알게 되었다. 꼬박꼬박 월급이 나오는 안정적인 직장이 있었지만 신용불량자가 된 아빠가 크게 편찮으시기까지 하고 보니 돈은 있으면 좋고 없으면 없는 대로 살 수 있는 게 아니었다.

하지만 이런 것들은 모두 내가 억지로 찾아낸 이유이다. 내게는 뭔가 그럴듯한 이유, 상식적인 이유가 필요했다. 정말이지 말도 안 되는 이유로 말도 안 되는 짓을 벌였다는 것을, 다른 누구보다 내가 받아들일 수 없었기 때문이다.

그렇다. 내가 직접 보지도 않고 그 자리에서 무턱대고 땅을 산 이유는 다른 데 있다. 바로 '거절 불가능 병' 때문이다. '나는 그런 데 관심 없어요'라고 말했어야 하는데, '네, 생각해볼게요'라고 말하고 자리를 떴어야 하는데 그러지 못해서 나는 지주가 된 것이다.

물론 불안한 마음이 없었던 건 아니다. 하지만 그 불안함을 땅을 소개해준 그 교수님에 대한 믿음으로 애써 잠재웠다. 그분이 추천하시는 거라면, 하고 말이다. 그러고도 남는 불안은 스스로 감수하기로 했다. 들으면 코웃음 치겠지만 나름

합리적으로(?) 따져보고 내린 결론이다. 나는 만에 하나 일이 잘못되더라도 그 교수님을 원망하지 않을 정도, 원망하더라도 내가 갚을 수 있을 정도의 금액만큼만 땅을 샀다.

아, 이렇게 적고 보니 정말이지 나는 얼마나 대책 없는 사람인가. 세상에서 사기 치기 가장 쉬운 사람들이 퇴직한 공무원과 선생이라더니 남 말할 게 못 된다. 이런 생각을 할 때마다 나는 신에게 감사한다. 이제까지 큰 탈 없이 이만큼 살아온 것이 기적이다.

땅을 직접 보러 간 건 그로부터 석 달이 지나서였다. 부동산에서 외제 차에 기사, 그리고 담당자를 둘이나 보내줘서 땅을 보러 갔다. 점심까지 사줬다. 복부인이라도 된 것 같았다.

땅은 거기에 있었다. 하지만 나 같은 사람이 본들 뭘 알겠는가. 그게 내 땅이라고 하니 내 땅인가 보다 하는 거지. 더 어처구니없는 건 그게 진짜 내 땅이라면(!) 개발이 안 되더라도 트레일러를 장만해서 그곳에서 살면 되겠다는 얼토당토않은 생각을 했다는 거다. 향이 좋고 볕도 잘 드니 정 안 되면 나중에 묘지로라도 쓰면 되고, 라고 생각했는데, 나중에 TV에서 보니 엉뚱한 땅을 보여주며 사기를 치는 경우도 많다고 한다. 그러니 어쩌면 내 땅은 그날 내가 본 곳이 아니라 어디 깊고 깊은 산골 비탈에 있는지도 모르겠다.

그날 부동산 담당자들이 나를 그처럼 극진히 대접한 데에도 다 이유가 있었다. 그들은 자꾸 다른 땅을 보여주려고 했다. 그러나 석 달간의 길고 긴 자책과 분석과 반성을 하고도 똑같은 실수를 저지를 수는 없다는 결연한 각오로 이번에는 단호히 거절했다. 아빠의 빚을 갚고 있는 불쌍한 '소녀(?) 가장' 코스프레를 해서. 그러면서도 나 때문에 하루를 공쳤을 그들에게 미안한 마음이 들었다.

이런 이야기를 친구들에게 하면 다들 어이없다는 표정을 짓는다. 사람 하나 믿고 그런 일을 저지르는 것도, 그렇게 금욕적인 척하면서 그 큰돈을 덜컥 빚내는 것도, 무엇보다 거절을 못 해서 그런 큰일을 벌이는 것도 이해하기 힘들 것이다. 나도 알고 있다. 그런 나를 가장 이해하기 힘든 건 나다.

하지만 어쩌겠는가. 그게 나인데. 귀가 얇고 거절을 잘 못 하는 이런 습성이 꼭 나쁜 것만은 아니라고 믿고 싶다. 나의 거절 못 하는 습성이 새로운 일에 발을 들여놓게 하고, 나의 대책 없음이 혼자서도 겁 없이 세상을 살게 하는 거라고 믿고 싶다. 누가 또 아는가. 나의 이런 대책 없음 때문에 정말 땅 부자가 될지(라고 정신승리를 하지 않으면 나는 정말이지 살 수가 없다.).

p.s. 1. 얼마 전 그 교수님의 소개로 땅을 산 사람이 나 말고도 두 명이나 더 있다는 사실을 알게 되었다. 그들 역시 나처럼 숫자에 어둡고 어리숙하다는 게 조금 걸리기는 하지만, 나 같은 사람이 나 혼자가 아니라는 사실에 위안을 받았다.

p.s. 2. 나의 '지주되심'을 가장 황당해하며 걱정하는 동생에게 이 사실을 알렸다. "정말 다행이지? 그 부동산에서 땅 산 사람이 나 혼자가 아니래." 동생이 말했다. "다행일 것도 많다. 언니 같은 바보가 많으니 좋아?"

& 잘 늙는다는 것

며칠 전에는 엄마가 빨간 라이더 재킷을 입고 날렵한 헬멧을 쓴 채 자전거 옆에 서서 환하게 웃는 사진을 보내더니 오늘은 텃밭에서 딴 호박, 감자, 토마토, 고추 사진을 보내왔다. 비슷한 시각에 아빠도 사진을 보내왔다. 수국과 산나리꽃 사진이다. 엄마를 텃밭에 데려다주고 약수 뜨러 가서 찍은 사진인 듯했다.

40년 넘게 두 분을 보아온 중 가장 평화롭고 안정돼 보이는 나날이다.
역시 오래 살고 볼 일이다.

내가 해봐서
아는 것들

블렌더가 고장 났다. 아침 식사 대용으로 바나나 쉐이크를 만드는 데 요긴하게 쓰던 것이다. 며칠 전 갑자기 고무 타는 냄새가 나더니 오늘 아침에는 윙윙거리는 소리만 나고 칼날이 돌아갈 생각을 하지 않는다. 산 지 6개월도 안 됐는데 벌써 고장이라니. 주방용 기구로 제법 이름 난 회사의 제품인데 이 모양이다.

커피 그라인더도 헛돌기만 하고 원두가 갈리지 않은 지 꽤 되었다. 분해해보았지만 무엇이 문제인지 원인을 찾을 수 없다. 이 역시 한 철밖에 한 썼는데 난감하다. 유명회사 제품이 아니라서 어디에 수리를 맡겨야 할지도 모르겠다.

그러고 보니 얼마 전부터 오디오도 말썽이다. 소리가 나오다 갑자기 끊기는 일이 잦다. 접촉 불량인 듯한데, 이걸 고치려면 또 어디로 가야 할지, 수리할 곳을 알게 되어도 차가 없으니 들고 갈 생각을 하면 한숨부터 나온다.

기숙사로 옮기며 살림을 개비한 지 2년, 새로 장만한 것들과 오래되었지만 멀쩡하던 것들이 하나하나 고장나고 있다. 고치면 쓸 수 있는 물건을 새로 사기도 뭣해 결국 집 안에는 겉보기에는 멀쩡한데 어딘가 조금씩 고장 난 물건들이 쌓여간다.

내가 머무는 공간도 비슷하다. 논문을 쓰느라 쌓아둔 책을 말끔히 정리한 게 엊그제 같은데 연구실 책상은 도로 너저분해져 있다. 커피를 마시던 컵, 차를 마시던 컵, 우유를 마시던 컵, 이렇게 컵만 세 개가 놓여 있고, 온갖 인쇄물과 필기도구들이 뒹굴고 있다. 기숙사의 싱크대에는 몇 개 안 되는 그릇들이 씻지 않은 채 며칠째 그대로 있고, 옷장 정리를 하느라 늘어놓은 지난 계절의 옷과 다가오는 계절의 옷으로 바닥은 온통 어수선하다.

일들도 마찬가지다. 이런저런 일을 하나둘 맡다 보니 연구년을 가기 전만큼은 아니지만 다시 매일같이 회의를 하던 때로 돌아가 있다. 그러다 보니 하루가 어떻게 지나가는지 모를 지경이다. 지금도 책상 위에는 채점해야 할 리포트가 쌓여 있고, 컴퓨터 창에는 이 글 말고도, 기말 성적 처리를 위한 엑셀 창과 마감을 앞둔 논문 창, 그리고 결재해야 할 공문서 창이 동시에 띄워져 있다. 성적 처리만 끝나면 쓰던 논문을 마무리하리라고 다짐하지만 아이들과 함께 현장실습을 나가야 하는 날이 바투 잡혀 있고, 그게 끝나면 교과 개발이며, 교육과정 개편을 위한 회의가 연달아 예정되어 있다. 그 와중에 갑자기 치통이 찾아온다든지, 조문을 하러 가야 한다든지, 졸업한 제자가 찾아온다든지 하는, 예정에 없던 일들이 끼어들기라도 하면 그야말로 스케줄은 더 뒤죽박죽된다.

물건이 고장나면 즉시 고치면 되고, 공간이 어질러지면 바로 바로 정리하면 된다는 것을 나도 안다. 또는 모든 현명한 살림꾼들이 그러하듯, 물건은 쓰자마자 제자리에 두고, 사용한 그릇은 바로 씻어두고, 머리카락은 보일 때마다 주우면 된다. 일도 상황을 봐가며 미리 거절하고, 적당히 남들에게 부탁해도 된다.

그런데 나는 그게 안 되는 사람이다. 어차피 또 볼 책, 어차피 또 쓸 펜, 어차피 또 사용할 컵, 에라 모르겠다 하며 그냥 놔둔다. 떨어진 머리카락은 눈이 나빠서 잘 안 보이지만 설사 눈에

뛴다고 해도 그때그때 주울 리 없다. 나중에 한꺼번에 청소하면 되니까. 스트레스를 청소로 푸는 습관이라도 있으면 좋으련만, 나는 그런 것도 없다.

예전 같으면 그런 내게 적잖이 스트레스를 받았을 것이다. 생활이 뒤죽박죽될 때마다 나는 어째서 이렇게 게으른 걸까, 나는 왜 이렇게 주변 정리를 못하는 걸까, 나는 어째서 거절을 못 하는 걸까, 모든 걸 리셋하면 좋겠다, 라면서 자책했을 것이다. 모든 게 말끔하게 정리·정돈된 삶을 기본으로 여기고 살았기 때문이다.

하지만 이제는 안다. 사는 일이 그렇지 않다는 것을. 삶이란 게 늘 어수선한 법이라는 것을. 정돈된 삶 따위는 없다. 날이 좋아 고추를 말리려 널어놓았는데 예고 없이 소나기가 쏟아지는 것처럼, 봄철에 열심히 씨를 뿌리고 한여름 땡볕 아래 땀 흘리며 잡초를 뽑았어도 한 해 농사를 망치는 경우가 있는 것처럼, 사랑하던 사람이 갑자기 떠나기도 하는 것처럼, 세상은 우연과 예기치 않은 일들의 연속이다. 예측 불가능성과 어수선함을 줄여보겠다고 애를 써도 그때뿐.

삶의 기본 값이 엉망진창, 어수선한 것임을 받아들이고 나니 마음이 그렇게 편할 수가 없다. 물건이 고장 나면 고치고, 고치기 귀찮으면 없는 대로 살면 된다. 책상 위에 책을 있는 대로 펼쳐 놓고 논문을 쓰다가 다 쓰면 치우면 되고, 설거지 안 한 그릇들을 쌓아놓았다가 쓸 그릇이 없으면 그때 닦아 쓰면 된다. 예정에도 없던 일이 생기면 할 수 있는 만큼 하고, 한두 개쯤 펑크 나도 어쩔 수 없다. 그래도 별일 없다. 마음을 주었던 사람이 떠나가면 슬퍼할 만큼 슬퍼하고, 나랑 별 상관없는 사람이 나를 싫어하면 잠깐 안타까워하면 된다.

내가 이런 생각을 하게 된 것은 한 번 해봤기 때문이다. 살던 집을 통째로 정리하고 맡은 일을 모두 떠넘기고 훌쩍 떠난 것만 한 '리셋'이 어디 있는가. 내가 해봐서 아는데, 나는 모든 것을 질서정연하고 완벽하게 유지할 수 있는 사람이 아니다. 내가 해봐서 아는데 그렇게 살지 않아도 큰 탈은 안 난다. 삶이 그런 게 아닌데 어쩌겠는가. 그러니 어쩔 수 없다. 그러다 정 안 되겠으면 예전에 그랬던 것처럼 모든 것을 훌훌 털어버리고 떠나면 된다. 내가 해봐서 아는데, 나는 그럴 수 있는 사람이다.

인생이라는
개연성도 일관성도 없는 장르

소싯적 나는 그야말로 대단한 야망을 품었었다. 시단의 고흐, 학계의 김연아가 되고 싶었다고 말하면 과장이라고 생각하겠지만, 사실이다. 정확히 김연아, 고흐는 아니었지만 그만큼 위대하고 유명한 사람이 되고 싶었다.

이런 정도가 되려면 정말이지 아무것도 안 하고 오로지 그 일에만 몰두해야 한다. 나처럼 온종일 넷플릭스를 본다든지, 유행하는 예능을 챙겨 볼 시간 따위는 없다. 연구업적에 아무 도움도 되지 않는 그림책을 만들겠다고 그림을 배우러 주말을 통째로 캔버스 앞에서 보내거나, 학생들이 문학을 삶으로 체감

하도록 하겠다고 '마을 만들기' 같이 번거로운 일을 벌이지도 않아야 한다. 해야 할 일을 최소화하고 그것도 아주 경제적으로 처리하는 단호함이 있어야 하고, 나머지 시간은 온통 글을 쓰고 연구하는 일에 매진해야 한다. 앉으나 서나 시 생각만 하고, 시상에 딱 맞는 언어를 고르기 위해 며칠씩 고심하고, 하나의 주제를 붙잡고 몇 년이고 파고 또 파야 한다. 매일 정해놓은 시간에 스스로 약속한 분량만큼 책을 읽고 글을 쓰는 성실함에 더해 재능과 비범한 기억력은 기본이다.

박사논문을 쓰고, 작품 활동을 제법 활발하게 하던 시절, 재능과 기억력은 부족했지만 야망만큼은 남부럽지 않던 그때의 나는 조금쯤 그렇게 살려고 애썼던 것 같다. 그러느라 잠도 제대로 못 자고, 머리에는 500원짜리 동전만 한 탈모가 생기고, 사람들과 어울리지도 못 했다.

그 시절 나는 배우 전원주에 대해 종종 생각하곤 했다. 키도 작고 못 생기고 목소리도 깨진 쪽박 같던 그녀에게 배우 생활이란 어떤 것일까. 예쁘고 젊고 늘씬한 배우들 사이에서 좀처럼 주목받지 못하는 연기자, 주인공은커녕 언제나 가정부 아니면 주책맞은 아줌마 역할만 맡는 여배우라니.

그때 나는 스포트라이트를 받지 않아도 연기하는 즐거움이 있다는 것을, 사람의 후광은 얼굴이나 몸매가 아니라 개성과 자신감에서 나온다는 평범한 진리를, 머리로는 알면서도 마음으로 받아들이지는 못 했다.

스트레스로 인한 탈모 대신 노화로 인한 탈모가 시작된 즈음, 나는 모두가 주인공이 될 수 없다는 사실을 받아들였다. 흔히 말하듯 인생이 한 편의 드라마라면 전원주 같은 조연도 있어야 드라마가 완성될 수 있다고 말이다. 나도 주인공이 되고 싶지만 조연이라도 맡았으니 감사하며 내 역할에나 충실하자고 생각하고 나니 마음이 조금 편해졌다. 그래도 마음 한구석은 여전히 쓰라렸다.

그러다 언제부턴가 이런 생각이 들었다. 모든 드라마에서 조연밖에 못 하는 전원주도 자기 삶에서는 주인공이라는 것. 그러니까 나도 내 삶에서는 주인공이라는 것.

너무 상투적이어서 반발심마저 드는 이 생각이 그럴듯하게 여겨지게 된 건 점원이 '어머님'이라고 불러도 아무렇지도 않게 된 무렵부터였던 것 같다. 학계의 김연아가 되리라는 야심은 훌륭한 선생이 되자는 것으로 바뀌었다가 이제는 그저 학생들과 즐겁게 지내자는 쪽으로 흘러가고 있고, 시단의 고흐가 되자던 포부는 시만이 아니라 그때그때 쓰고 싶은 것, 내가 궁금한 것에 대해 어떤 글이든 쓰고 보자는 쪽으로 바뀌었으니,

그야말로 '시작은 미미했으나 끝은 창대하리라'라는 성경 말씀의 정반대로 인생이 흘러가고 있다.

20대에 입문한 연애 생활도 마찬가지다. 매번 시작은 로맨스이나 끝은 내게는 비극, 남이 보면 블랙 코미디였고, 30대 후반에 이르러서야 나도 드디어 '오래오래 행복하게 살았습니다'로 끝나는 로맨스의 주인공이 되려나 싶은 연애를 했는데, 이번에야말로 진짜 비운의 여주인공이 되었다. 만일 이야기가 거기서 멈췄다면 내가 주인공인 영화는 자기만의 세계에 갇힌 한 여자의 내면을 좇는 지루하고 무거운 심리물이 되었을 것이다. 그런데 웬걸, 어느 날 정신을 차리고 보니 나는 대학 기숙사에서 혼자 조용히 지내고 있다.

인생이 그렇다. 굳이 한 편의 드라마나 영화에 비유한다면, 우리 인생은 로맨스로 시작해서 시트콤으로 이어지다 난데없이 막장드라마로 미끄러지는, 멋진 영웅담을 기대했는데 지리멸렬한 비극이 되어가는, 그러니까 개연성도, 일관성도 없는 장르 불명의 장르이다. 흥행을 목적으로 한다면 실패할 게 분명하고, 멋모르고 상영관에 들어갔던 관객이 나오면서 환불 요청을 하거나 악플을 달 이야기 말이다. 우리는 바로 그런 이야기의 주인공인 것이다.

그래서 내 인생이 마음에 안 드느냐고? 최근 들어서 나는 내 인생이 그리 나쁘지 않다고 느낀다. 아니, 꽤 괜찮다. 세상의 인정을 받기 위해 뒷모습마저 성난 사람처럼 이를 악물고 버티면서도 속으로는 늘 전전긍긍하던 나는 이제 흐물흐물, 허허실실, 조금은 주책맞은 사람, 어쩌면 거침없는 사람이 되어서 하고 싶은 말을 하고, 하고 싶은 일을 하면서 지내고 있다.

이 삶이 또다시 어디로 흘러갈지 짐작도 할 수 없다. 다음에 어떤 사건이 벌어질지 모르기 때문에 지금 이 순간이 절정인지, 내리막인지, 혹은 결말인지도 알 수 없다. 그래도 상관없다. 관객의 눈으로 보면 실망스러울 수도 있겠지만, 내가 주인공인 이 작품은 어차피 누구 보라고 상영되는 영화가 아니니까.

2부 / 기숙사 생활자

한 해의
마지막 퇴근길

한 해의 마지막 날이다. 바람 한 점 없는 하늘에 얼음 조각 같은 달이 걸려 있다. 교정도 텅 비었다. 깊은숨을 들이쉰다. 겨울 냄새가 난다.

교정에는 아무도 없다. 인문관을 나서서 셔틀버스가 다니는 도로에 다다를 때까지 아무도 만나지 않았다. 그리 늦은 시각도 아닌데, 한 해의 마지막 날이라 다들 집에 일찍 돌아갔나 보다. 곳곳에 불 밝힌 노란 가로등만 차가운 어둠을 녹이고 있다.

정류장에는 셔틀버스 한 대가 서 있다. 버스도 텅 비었다. 기사 아저씨만 휴대폰을 들여다보며 출발 시간을 기다리고 있다. 휴대폰에서 뿜어져 나오는 빛에 기사 아저씨의 얼굴과 그 주변만 환하다. 에드워드 호퍼가 그린 "새벽의 카페"가 떠오른다.

출출하다. 배가 고프지 않아 저녁을 건너뛰었다. 기숙사의 식사 시간은 끝난 지 오래다. 밥다운 밥을 먹으려면 학교 바깥으로 나가야 하는데 춥기도 하고 귀찮기도 하다. 오랜만에 편의점 닭꼬치를 먹기로 한다. 그러고 보니 내일 아침도 걱정이다. 방학 중에도 기숙사 식당을 운영하긴 하지만, 새해 첫날인 내일은 어떨지 모르겠다. 새해 첫날이니 어쩌면 떡국을 줄지도 모른다. 그래도 혹시 모르니 대비하는 게 낫다. 냉장고에는 요기할 만한 게 하나도 없다.

평소 같으면 군것질거리를 사는 학생들로 붐빌 편의점도 텅 비어 있다. 다행히 닭꼬치가 남아 있다. 너무 늦게 가면 다 팔리고 없을 때도 있다. 순살 꼬치 하나와 우엉김밥 한 줄을 들고 계산대로 간다. 학교 밖 편의점이었다면 만 원에 네 개짜리 맥주도 샀을 것이다. 그래도 올해의 마지막 날인데 자축을 하든 위로를 하든 하면 좋을 것이다. 하지만 교내에서는 주류 판매 금지. 다행스러운지 아쉬운지 모르겠다.

"전자레인지에 30초만 돌려 드시면 더 맛있습니다."

닭꼬치를 건네주며 아르바이트생이 말한다. 어쩐지 다른 때보다 더 친절한 것 같다. 한 해의 마지막 날이라 그런가? "네, 수고하세요." 나도 친절하게 대꾸하고 편의점을 나온다. 오늘은 올해의 마지막 날이니까. 당신은 얼굴을 맞대고 이야기 한 오늘의 마지막 사람, 아니 올해의 마지막 사람일 테니까.

그런 감상적인 생각은 고소한 기름 냄새에 순식간에 사라진다. 종이봉투에 담아준 꼬치를 꺼내 한 입 베물며 편의점을 나선다. 짭짤하고 고소한 닭튀김을 우물거리며 하늘 어디쯤 달이 떠 있나 올려본다. 안 보인다. 이미 산을 넘어갔나 보다. 손이 시려 닭꼬치를 오른손과 왼손에 번갈아 쥐며 걷는다.

네 조각 중 마지막 조각을 입에 넣으니 어느새 기숙사 앞이다. 총 11층짜리 건물 두 동에는 알이 몇 개 안 남은 옥수숫대처럼 드문드문 불이 켜져 있다. 교직원용 게스트 룸이 있는 10층과 11층 방의 불은 모두 꺼져 있다.

불 꺼진 방의 주인들은 모두 집에 간 걸까? 지금쯤 가족과 함께 저녁을 먹고 TV 앞에 둘러앉아 보신각 타종 방송을 보고 있을까? 아니면 일기장을 펴놓고 새해의 다짐 같은 걸 적고 있을까?

나는 어렸을 때 그랬다. 한 해의 마지막 날은 저녁 식사를 마치고 나서 무슨 의식처럼 보신각 타종을 기다리며 일기를 썼다. "현지에 나가 있는 취재 기자 연결하겠습니다"라는 앵커의 멘트가 들리면 괜히 마음이 급해졌다. 왠지 해가 바뀌기 전에 다짐을 다 적어야 그 다짐이 이루어질 것 같았다.

글자가 점점 흐트러지다가 카운트다운이 시작되기 직전 아슬아슬하게 마침표를 찍고 후다닥 TV 앞에 앉으면 엄숙한 표정을 한 나이 든 사람들이 일렬로 서서 무거워 보이는 나무봉을 들고 종을 치고 있었다. 뎅, 뎅, 뎅, 특별할 것도 없는 종소리가 잦아들면 폭죽이 터지고, 아나운서는 터무니없이 흥분한 목소리로 말했다. "드디어 희망찬 새해가 밝았습니다."

한 해를 보내고 그렇게 새해가 시작되어도 달라지는 건 아무것도 없었다. 시계의 시침과 분침만 아무런 특별한 조짐도 없이 12라는 숫자를 가뿐히 넘어설 뿐, 하늘이 보라색으로 변한다거나 내가 갑자기 엄청나게 똑똑해진다거나 하는 일 같은 건 일어나지 않았다. 오히려 시계의 분침이 12라는 숫자를 지나자마자 곧바로 새로운 한 해에 대한 희망과 기대 같은 것은 비눗방울처럼 부풀다 말고 꺼지기 시작했다.

기숙사 앞 휴지통에 꼬치를 버린다. 입안에 남은 닭고기를 우물거리며 카드 인식기에 출입카드를 댄다. 삐리리! 문이 열린다.

보신각 타종 중계를 보지 않은 지 오래다. 카운트다운 소리에 맞춰 새해의 다짐을 적는 일도 더는 하지 않는다. 비눗방울처럼 순식간에 터져버리는 찰나의 설렘이나마 느껴본 지도 오래됐다. 그래도 어쨌든 몇 분 후면 새해다.

별다른 일이 없다면 아마 내년의 마지막 날도, 그다음의 첫날도 나는 기숙사에서 보내게 될 것이다. 적적함도 설렘도 없이 그렇게 해가 바뀌고 한 살 한 살 나이 들어가는 것을 담담히 받아들이는 내가 싫지 않다. 나는 이렇게 조용히 살고 있다.

기숙사
생활자

나는 우리 대학의 기숙사에 산다. 사람들은 내가 기숙사에 산다고 하면 놀라는 눈치다. "왜요?"

나는 물어보기를 기다렸다는 듯 신나서 대답한다.

"연구년에 해외로 나가면서 살던 집을 정리했거든요. 돌아와서 집을 구할 때까지 임시로 기숙사에서 지내려고 했는데 그냥 지금까지 살고 있어요. 불편하긴요. 아주 만족해요. 나가라고 하기 전까지는 계속 살 거예요."

말하다 보면 상대가 원하는 대답이 아닐지도 모른다는 생각이 든다. 뭔가 조금 더 드라마틱한 이유를 기대하는 건 아닐까?

이를테면, 비우는 삶을 추구한다거나 보증을 잘못 서는 바람에 집을 날리게 되었다든지 하는 것 말이다. 아니면 곧 출가할 예정이라거나. 하지만 어떤 것도 사실이 아니니 저렇게 말하는 수밖에.

그러면 대개 "아, 그렇군요. 정말 편하겠어요"라는 반응이다. 가끔 부럽다고 말하는 사람도 있지만, 그냥 하는 말이라는 걸 안다.

하긴 이 나이에 집 한 칸 없이 기숙사에서 지내는 게 뭐가 부럽겠는가. 요즘 1인 가구의 다양한 라이프 스타일이 주목받는 건 사실이지만 이런 식은 아니다. 넓지는 않더라도 자기만의 취향으로 꾸민 공간에서 반려식물을 가꾸며 반려묘와 가족이 되어 사는 삶, 주말이면 친구들을 초대해서 봉골레 파스타며 밀푀유 나베 같은 음식을 만들어 먹고 와인을 마시며 성능 좋은 스피커로 빌 에반스를 듣는 삶이라면 몰라도.

내가 사는 방식은 그런 삶과 비교가 안 된다. 일단 대학의 기숙사는 (취향이랄 것도 없지만) 내 취향을 반영할 여지가 별로 없다. 벽지나 인테리어를 새로 할 수 없는 것은 당연하고 모든 기숙사가 그렇듯 가구는 가장 기본적인 사양으로 이미 구비되어 있다. 출입 시간도 제한되어 있고, 친구를 데려오는 일은 당연히 허용되지 않는다. 밥은 학생들로 붐비는 식당에서 배식

판에 배급받아 먹고, 빨래는 한가한 때를 노려 공동 세탁실에서 해야 하는 생활이란 매력적인 1인 생활자의 삶과는 거리가 멀다.

하지만 내가 지내는 기숙사의 게스트 룸은 학생용 방보다 넓고 침대와 책상 외에도 2인용 소파와 2인용 식탁, 인덕션 딸린 싱크대에 냉장고까지 있으니 웬만한 오피스텔 부럽지 않다. 게다가 한 번도 가져본 적 없는 평면형 벽걸이 TV와 에어컨도 딸려 있고, 공용이기는 하지만 정수기와 의류건조기도 사용할 수 있어 살림살이의 수준은 이전과는 비교할 수 없을 정도로 높아졌다.

그럼에도 불구하고 직장에서 이런 기숙사를 제공해준다고 하면 거기 들어가 살 사람이 과연 얼마나 될까? 나 역시 어쩌다 보니 기숙사에 살게 된 거지 이런 삶을 꿈꾼 것은 아니다.

연구년에는 무조건 해외로 나가기로 결정하고 나니 살고 있는 아파트가 문제였다. 살지도 않는 집의 월세를 꼬박꼬박 낼 수는 없었다. 그렇다고 집을 정리하자니 그것도 큰일이었다. 집을 정리해버리면 연구년을 마치고 돌아와 집을 새로 장만해야 하는데, 집이 무슨 운동화도 아니고 필요하다고 바로 장만할 수는 없는 노릇이니까. 살림살이도 문제였다. 집이 없다면 그 짐들을 다 어디에 둔단 말인가.

처음에는 세를 줄까도 생각했다. 마침 '제주에서 한 달 살기' 같은 단기 체류 붐이 일기 시작하던 때였다. 김영하 작가처럼 지방에 세컨드 하우스를 마련해놓고 서울을 오르내리며 창작 활동을 하는 프리랜서가 늘고 있다는 이야기도 들었다. 부산 정도면 원하는 사람이 꽤 있을 것 같았다. 그런 사람에게 세를 놓으면 그 돈으로 월세를 충당하며 집을 유지할 수 있지 않을까?

하지만 며칠 궁리해보다가 깨끗이 포기했다. 사람이 들고 나는 것을 누가 관리한단 말인가. 변기라도 고장나면 주인에게 연락해야 할 텐데, 사하라 사막의 노을을 바라보다 말고 국제전화를 해서 변기가 고장났다고 말할 수는 없었다. 더 실질적인 문제는 세 든 사람이 그 집을 다시 세놓는 것은 불법이라는 사실이다. 살림살이도 마음에 걸렸다. 모르는 사람이 내 살림에 손대는 건 상관없다. 하지만 살림이 너무 누추했다. 새로운 곳에서 살아보기를 꿈꾸는 사람이 기대하는 집은 20년 차 자취생의 살림살이로 가득 찬 집은 아닐 것이다.

결국 허황한 생각은 접고 집을 정리하기로 했다. 학교 기숙사에 장기 입주가 가능하다니 이참에 집을 정리하자. 구질구질한 살림살이를 싹 다 버리고 꼭 필요한 것만 연구실에 보관하자.

돌아와서는 집을 구할 때까지 기숙사에서 지내자. 그러면 돌아와서 급하게 집을 구하지 않아도 되고, 돌려받은 보증금과 월세를 여행 경비에 보태서 조금 더 마음 편하게 장기간 해외에 머물 수 있을 것이다. 기숙사라는 대안이 생기니 모든 고민거리가 순식간에 해결됐다.

집을 통째로 정리하고 일주일 후, 나는 드디어 한국을 떠났다. 런던, 더블린, 벨파스트, 리스본, 마라케시, 메르주가, 에르딩, 카파도키아, 로마 등의 도시에서 길게는 석 달, 짧게는 사흘씩 머물며 옮겨 다녔다.

그리고 다시 돌아왔다. 10개월 만이었다.

부산으로 돌아오던 날의 기억이 생생하다. 김해공항을 빠져나왔을 때, 나는 잠시 망설였다. 이제 어디로 가야 하나.

떠난 곳으로 돌아왔는데 돌아갈 집이 없었다. 나는 마치 새로운 도시에 갓 도착한 여행자 같았다. 여행하는 내내 다음 도시의 숙소를 미리 예약한 것처럼 귀국 며칠 전에 메일로 입사(入舍) 허가를 받아둔 기숙사만 나를 기다리고 있었다. 두 개의 캐리어를 끌고 떠났다가 한 개의 캐리어를 끌며 돌아와 기숙사로 향했다. 새로운 여행의 시작이었다.

마흔 넘어
만용

'연구년은 무조건 다른 나라에서 지내자.' 연구년이 1년 앞으로 다가왔을 무렵 결심했다. 당시 나는 여러 이유로 지쳐 있었고, 변화가 절실했다.

누구에게나 어려운 시절은 있고, 나에게 그 시절은 30대가 끝나갈 무렵 시작됐다. 대학 전임교수라는, 모두가 부러워하는 안정적인 직장을 잡게 되고 4년 정도가 지난 무렵이었다. 세상에 공짜 행복은 없는 법이라고, 낯선 곳에 뿌리를 내리고, 새로운 사람들을 만나고, 새로운 생활에 적응할 만해지자 내 삶은 또 다른 국면에 접어들기 시작했다.

상실은 삶의 의미를 되묻게 한다. 그가 그렇게 덧없이 떠났다는 사실을 어떻게 받아들여야 할지 몰랐다. 처음은 아니지만 그때로써는 마지막으로, 인생을 함께하면 좋겠다고 생각한 사람이 떠났다는 사실도 받아들이기 힘들었지만 그보다 더 힘들었던 것은 그는 떠났는데 나는 계속해서 살아야 한다는 사실이었다. 살아야 할 이유가 사라져버린 시간은 형벌과도 같았다.

운전하다 교차로에서 정지 신호를 받고 서 있는데 중앙분리대 화단의 나무들을 가지치기하는 모습이 눈에 들어왔다. 무성하게 자란 덤불들이 무참하게, 아니 무심하게 잘려 나가고 있었다. 어떤 가지들은 여전히 몸통에 붙어 있는데 어떤 가지들은 잘려 나갔다. 어떤 가지가 살아남고 어떤 가지가 사라지는 걸까? 그 선택의 기준은 무엇이고 누가 정하는 걸까? 그러나 살아남은 가지들도 결국에는 모두 다 사라질 것이다. 그저 때가 늦춰졌을 뿐.

그런 생각들을 하다가 나도 모르게 눈물을 흘리는 날이 많았다. 그 와중에도 깜빡이를 안 켠 채 내 앞으로 끼어드는 차가 있으면 눈물이 쏙 들어가고 갑자기 화가 솟구쳤다. 그런 내가 어이없어서 웃음이 나왔다. 누군가 혼자 울다, 화내다, 웃는 나를 본다면 제정신이 아니라고 생각할 것 같아 또 웃었다.

겉으로는 평온한 나날들이었다. 하루가 어떻게 가는지 모르게 지나갔지만 차라리 다행이었다. 아침이 오는 게 다행이었고, 월요일이 오는 게 다행이었다. 출근하면 수업을 하고, 학생들을 만나고, 잡다한 일을 처리하느라 다른 생각이 비집고 들어올 틈이 없었다. 집에 돌아와 혼자 있는 시간에도 마음껏 슬퍼할 수 없었다. 다음 날 학생들을 만날 걸 생각하면 그럴 수 없었다. 주말이 되어야 참았던 눈물을 마음 놓고 쏟아냈고 그러다 잠이 들었다. 깨어나 아직도 하루가 한참 남아 있으면 너무 막막한 기분에 또 울었고, 다시 잠들었다가 깨어났을 때 날이 저물고 있으면 너무 허무해서 또 울었다.

어떻게 그 시간을 지나왔는지 모르겠다. 내가 어떻게 하든 어떻게 하지 않든 시간은 조금씩 흘러가고 있었다.

내가 그런 상태였기 때문일까. 아빠가 편찮으시다는 소식을 듣고 별로 당황하지 않았던 것은. 2014년 여름 아빠는 후두암 진단을 받고 방사선 치료를 시작했다. 그러나 고생한 보람도 없이 이듬해 1월, 수술을 받아야 했다. 두 차례의 대수술에 이어 넉 달의 입원 생활이 이어졌고, 그 기간 나는 매주 주말

서울의 병원을 오르내렸다. 엄마와 교대로 병상을 지키다 일요일 저녁에 일상으로 돌아오는 생활이 낯설지 않았다.

퇴원 후 한 달간은 아빠가 요양 차 머무시는 양평을 오르내렸다. 오랜 간병에 지친 엄마와 숲을 걷고, 현실을 받아들이지 못하는 아빠와 원적외선이 나온다는 아궁이 앞에서 불을 쬐다 돌아오는 게 전부였지만, 한 주도 거르지 않았다. 중부내륙고속도로를 달리며, 일부러 열어 놓은 차 창문으로 제한속도를 넘긴 뜨거운 열풍이 달려드는 그 길이, 짙은 초록이 초현실적인 흐름으로 물러서는 그 길이, 어떤 경계를 넘어 다른 차원으로 가는 터널 같았다.

그런 나를 친지들은 효녀라고 칭찬했지만, 그것이 과연 순수하게 효심에서 우러나온 행위였을까? 잘 모르겠다. 감사하게도 아빠는 건강을 회복하고 평범한 생활로 복귀하셨다.

피로감을 느끼기 시작했다는 것은 감각과 마음이 제자리를 찾아가고 있다는 신호였을 것이다. 우울과 무기력을 견디는 일에도 에너지가 소모된다는 걸 그때는 몰랐다. 살아서 뭐하나, 생각하면서도 살기 위해 나도 모르게 안간힘을 쓰고 있었다는 것도.

이를테면, 그때 나는 나를 필요로 하는 일을 마다하지 않았다. 내가 할 수 있는 일이라면 다 했다. 연구만이 아니었다. 성실한 연구자가 목표인 사람이라면 절대 하지 않을 일들도 했다. 누군가는 내가 무슨 야심이 있어서 그런다고 생각했을지도 모르겠지만, 그것은 일종의 자포자기였다. 그때 내게 마음이란 게 남아 있었다면 그건 오직 될 대로 되라는 마음뿐이었다. 나를 위해서는 어떤 일도 애쓰고 싶지 않았다. 그렇다고 진짜 아무것도 안 할 수는 없었다. 그래서는 그 시간을 견딜 수 없었다. 그러니 내 시간과 능력이 필요한 일에, 도움이 필요한 사람한테 줘버리자, 뭐 이런 마음이었다.

돌아보면, 역설적이게도 그런 식의 자포자기 덕에 나는 버틸 수 있었던 것 같다. 덥석덥석 받아 안은 일들을 하고, 내가 한 약속들을 지키면서 시간을 보낼 수 있었다. 그러니 어느 날 갑자기 이제는 너무 지쳐서 다 그만두겠다고 할 수는 없는 일이었다. 나는 그렇게 단호한 사람이 못 된다.

다행히 연구년이 코앞이었다. 매일매일 주문을 걸었다. '연구년까지만 버티자. 그다음에는 냅다 도망치자.'

이 모든 일이 30대에서 40대로 넘어가는 몇 년 사이에 일어났다. '아홉수는 사납다'는 말 따위 믿지 않지만 지나고 보니 그런 말로 표현해도 될 만한 시간이었다.

그 시절의 나를 떠올려보면 마치 깊은 물 속에 가라앉은 통나무처럼 무기력하고 무감각하고 무거웠다. 그러다 물 위로 다시 떠 올랐을 때 나는 어딘가 달라져 있었다. 이를테면, 사는 데 무슨 이유가 있는 게 아니라는 사실, 사는 데 별 이유가 없더라도 살아야 한다는 사실을 알아버린 40대의 비혼 여성이 되어 있었던 것이다.

내가 대책 없이 집을 정리하고 세계를 떠돌기로 한 것은, 내가 지키고 싶어도 지킬 수 없는 게 있다는 사실, 지금 당장 모든 게 끝날 수도 있다는 사실을 알아버렸기 때문이 아니었을까? 당장이라도 모든 게 끝날 수 있다고 생각하면 뒷일을 따지고, 성공과 실패를 재는 일 따위는 아무런 소용이 없게 된다. 아쉬울 게 없는 사람은 두려울 게 없는 법이다. 좋은 결과가 예정되어 있기 때문이 아니라 결과를 알 수 없기 때문이다. 일종의 만용이다.

그러고 보니, 나는 마흔이 넘어 더 신중해지고 지혜로워지는 대신 만용을 부리는 사람이 된 것이다.

시간을 견딘다,
무조건 견딘다

처음 그의 연락을 받았을 때, 프로젝트를 함께 하자는 줄 알았다. 건축이 전공이라면 그럴 수 있겠다고 생각했다. 당시 인문학과 건축을 융합하는 프로젝트가 한창 유행이었으니까. 시에 관해 물어볼 것도 있다고 했다. 마다할 이유가 없어서 연구실로 오겠다는 것을 거절하지 않았다. 마침 덥고 무료하고 길고 긴 여름 방학을 보내던 참이었다.

그 전화를 받고 내가 정말 어떤 낌새도 눈치채지 못했던 건지 종종 생각해본다. 그랬던 것 같기도 하다. 만약 조금이라도 다른 의도를 느꼈다면 방학이라 화장도 안 한 맨얼굴에 최소한 립스틱은 발랐을 것이다.

그의 첫인상은 나쁘지 않았다. 표준 키에 부리부리한 눈과 큰 입이 남자다워 보였다.

머리가 가발이었다. 티가 났다. 나중에 알았지만, 그는 그게 가발이라는 것을 사람들이 모를 거라고 생각했다고 했다. 맙소사! 그렇게 티가 났는데…. 처음 그의 차를 탔을 때 그는 백미러를 보며 계속 머리를 매만졌다. 스타일에 너무 신경 쓰는 사람은 별로라는 게 내 평소의 생각이었지만 상대에 대한 호감은 그런 생각을 바꿔놓기 마련이다. 나는 아주 관대하게도 그가 가발을 맞춘 지 얼마 되지 않아 그런가 보다고 이해했다.

그 후 몇 번 더 만나는 동안, 그러나 아직은 가발에 관해 이야기할 정도로 친해지지는 않았을 때, 나는 그를 보면 늘 가발의 위치를 바로잡아 주고 싶었다. 그의 가발은 언제나 너무 앞쪽으로 내려와 있었다.

그는 나에 관한 이야기를 많이 들었다는 말로 대화를 시작했다.

"무슨 얘기요?"

"뭐… 좋은 분이시라는 이야기요."

우리는 주로 건축과 도시에 관해 대화를 나눴다. 내가 부산의 첫인상에 대해 이야기하자 그는 걷기 좋은 도시가 살기 좋은 도시라고 대꾸했다. 내가 아파트에 사는 것은 어쩐지 삭막해서 싫다고 하자 그는 주택에서 사는 게 꿈이라고 했다.

내 책꽂이에 꽂혀 있던 마이클 샐던의 『정의란 무엇인가』를 보고 그는 자기도 읽으려고 사 둔 책이라고 했다. 그리고는 내 시를 봤다고 했고, 내 시집을 빌려달라고 했다. 내 첫 번째 시집에 사인을 해서 그에게 건넸다.

그는 대화하는 내내 내 눈을 똑바로 바라보았다. 눈이 유난히 반짝거렸다. 음흉하거나 오만한 눈빛은 아니었다. 호기심과 자신감에 가득 찬 눈빛, 그 눈빛이 싫지 않았다. 그런 자신감과 그의 가발이 왠지 어울리지 않는다고 생각했다.

함께 저녁을 하자고 했던가? 그랬던 거 같지는 않다. 대신 핸드폰 번호를 알려달라고 했던 것 같다. 나는 당황했다. 그때서야 나를 찾아온 목적이 다른 데 있을지도 모른다는 생각이 들었다.

"앗! 글쎄요. 그건 좀…. 솔직히 조금 당황스럽네요. 연구실 번호를 알고 계시니 그 번호로 연락하시면 안 될까요?"

그는 충분히 이해한다고 했다. 그리고 혼자 밥 먹기 싫거나 심심할 때 연락하겠다고 했다.

그가 떠나고 나서 나는 조금 설렜던 것 같다.

어쩌면 나는 처음부터 눈치채고 있었을지도 모르겠다. 그가 나를 찾아온 이유를. 그렇지 않고서야 어째서 손수 커피를 내려주거나 녹차를 우려주지 않았던 걸까. 학생이 찾아와도 으레 하는 내 나름의 정성 어린 대접을 그에게 하지 않은 것은 너무 성의를 보이면 괜한 오해를 살지 모른다고 무의식적으로 생각했기 때문일 것이다. 남자들이란 친절하게 굴면 자기 멋대로 생각하는 경향이 있다, 적당히 거리를 두는 것이 골치 아픈 일을 피할 수 있다, 뭐 이런 생각.

그래서 그에게 내준 게 커피음료였다. 컵에 따를 필요도 없는 인스턴트 음료. 설탕물 덩어리. 그가 아프다는 얘기를 처음 들었을 때 가장 먼저 떠오른 게 바로 그 사실이었다. 내가 그에게 최초로 준 게 그에게는 가장 해로운 것이었다는 사실.

아주 오래전 일이지만 그날의 기억이 생생하다. 그날 내가 어떤 옷을 입고 있었는지, 그가 어디쯤 앉았는지도 기억난다. 교내의 에어컨 가동이 종료되고 선풍기 프로펠러가 힘겹게 더운 공기를 밀어내던 한여름 오후의 고요한 긴장감까지도.

그 모든 게 생생한데 또 꿈같이 비현실적이기도 하다. 마치 일어난 적이 없거나 전생에 일어난 일 같다. 그가 이제 이 세상에 존재하지 않기 때문일까? 아니면 너무 서둘러 그에 대한 기억을 봉해버렸기 때문일까?

그를 보내고 돌아온 날부터 나는 글을 쓰기 시작했다. 바로 그날부터 시작해서 그를 처음 만난 순간으로 거슬러 올라가며 모든 기억을 적어 내려갔다. 그와 나 사이에 있었던 모든 일을 하나도 잊지 않기 위해, 아무 인연도 없던 한 사람이 어떤 기미도 조짐도 없이 내 인생에 불쑥 끼어들었다가 갑자기 사라진 그 이상하고 말도 안 되는 사건의 의미와 이유를 이해할 수 있을까 하는 기대를 갖고.

이런 일을 겪었으니 나도 '이별에 대처하는 방법' 내지는 '이해할 수 없는 일에 대처하는 3단계' 같은 것을 사람들에게 알려줄 수 있으면 좋겠다. 하지만 그럴 수 없다. 계절이 두 번 바뀌는 동안 나는 내 기억 속을 샅샅이 뒤져 그와 함께했던 모든 시간을 글로 옮기고, 주말마다 그가 있는 곳에 가서 한참을 앉아 있다 왔지만 알게 된 것은 아무것도 없다. 내게 남은 것은 그리움과 원망, 답을 찾지 못한 질문으로 가득 찬 장편소설 한 권 분량의 글, 그리고 세상에는 아무리 애를 써도 이해할 수 없는 일이 있다는 깨달음뿐이었다.

그래도 비법이라고 할 만한 게 있다면, '시간이 약'이라는 저 흔한 말뿐이다. 시간을 견딘다, 무조건 견딘다. 그것 말고 다른 방법을 나도 찾지 못했다.

하지만 오해하지 말아야 한다. 시간을 견딘다고 해서 이해할 수 없던 일이 갑자기 이해되는 것은 아니다. 그저 이해할 수 없는 일을 이해하려는 노력을 포기하게 되고, 이해할 수 없는 일을 사실로 받아들이게 될 뿐이다. 이를테면, 우리는 만났고 사랑했고, 그는 떠났고 나는 남았다는 이 불가해한 사건을, 두 점 사이의 최단 거리는 직선이고 해는 동쪽에서 떠서 서쪽으로 진다는 것 같은 종류의 사실로 받아들이게 되는 것. 이 정도만 되어도 마음이 훨씬 편해진다.

그러고도 시간을 조금 더 견디면 조금씩 잊을 수 있게 된다. 그러나 이것도 오해하지 말아야 한다. 그는 떠났고 나만 남았다는 사실을 잊는 게 아니다. 그와 함께했던 시간 동안 내가 경험했던 생생한 감정들이 점차 옅어져 가는 것일 뿐.

마흔 이후의 시간을 살아간다는 것은 이처럼 지나온 시간을, 그리고 과거의 나를 조금씩 잊어가는 과정인지도 모르겠다. 시간을 견딘다는 의식도 없이, 견뎌야 한다는 다짐도 없이 시간과 함께 흘러가는 삶이 얼마나 큰 선물인지 이제는 알겠다.

집 대신
여행 가방 두 개

무슨 일이든 결정하기가 어렵지 일단 결정하고 나면 그다음부터는 쉽다고 했던가? 다른 건 모르겠고 집을 정리하는 일은 절대 그렇지 않다. 본격적으로 골치 아픈 일은 집을 정리하기로 결정한 다음부터 시작된다.

그냥 이사만 하는 거라면 간단하다. 컵에 우유를 따르는 일과 비슷하다. 짐을 싼다, 짐을 옮긴다, 짐을 푼다, 끝! 포장 이사라면 훨씬 더 쉽다. 이삿짐센터에 전화를 건다, 끝! 하지만 옮겨갈 집이 없다면? 다행히 나에게는 연구실이 있었다. 쓸 만한 것들만 연구실에 보관하고 나머지는 통째로 정리하면 된다. 아, 생각만 해도 후련하다!

집을 '통째로 정리한다'는 결정을 내릴 때 나는 뭔가 단순하면서도 대범한 행위를 연상했던 것 같다. 하지만 현실은 그렇지 않았다. 선택을 둘러싼 무수한 번민과 번복, 분류를 위한 고도의 지적 활동이 이어졌다. 나의 모든 소유물을 버릴 물건, 연구실에 보관할 물건, 여행에 갖고 갈 물건으로 분류하는 일은 결코 쉬운 일이 아니었다.

살림살이는 생각보다 많았다. 아무리 단출한 1인 가구라 해도 사람 사는 데 필요한 건 똑같다. 세 명이 살든 1/2명이 살든 마찬가지일 것이다. 말하자면, 살림살이 총량의 법칙 같은 것이 있다. 사람은 생각보다 무능해서 맨몸으로는 도저히 살아갈 수가 없다. 호모 파베르, 즉 도구의 인간이라는 말이 있다는 건, 인간은 살아가는 데 아주 많은 걸 필요로 하는 존재라는 의미인지도 모른다. 과연 꼭 필요하냐는 의심이 드는 물건들이 더 많긴 하지만.

바로 그 도구들이 우리의 발목을 붙잡는다. 책상이나 침대, 냉장고 같은 것이 사는 데 누구에게나 필요한 물건이라면 어째서 현관문이나 변기처럼 집마다 붙박이로 갖추어 놓지 않는 것일까? 아무도 이사 다닐 때마다 현관문이나 변기를 떼어 갖고 다니지는 않는다. 만약 그런 집기들이 모든 집에 다 갖추어져 있다면 이사하는 것은 일도 아닐 것이다. 옷이나 책, 일기장 같은 자기만의 물건, 이불이나 수저같이 다른 사람과 나눠 쓰기 꺼려지는 물건만 갖고 이사하면 된다. 그러면 언제든 어디든, 살고 싶은 곳에서, 살고 싶은 만큼 살 수 있을 것이다. 환경을 지키는 데도 도움이 될 것이다. 이사할 때마다 버리고 새로 장만하는 살림살이만 줄여도 말이다. 하지만 그런 일은 절대로 일어나지 않을 것이다. 인류에게는 북극곰의 생존보다 경제성장이 언제나 더 중요하고, 우리는 소유하는 기쁨으로 사는 종이니까.

나도 어쩔 수 없이 멀쩡한 냉장고며 장롱, 침대 같은 가구들을 버리기로 했다. 다행히 집안 살림살이를 통째로 처분해주는 가정용 폐기물 처리 업체라는 게 있었다. 몇 군데 알아보고 가격이 가장 저렴한 업체에 예약했다.

진짜로 어려운 일은 그다음이었다. 잡다한 살림살이들을 정리하는 일. 특히, 먹거리들을 정리하는 게 골치 아팠다. 먹을 것을 함부로 버리면 벌 받는다는 가르침이 뼛속 깊이 새겨져 있는 나는 집을 정리하기로 한 후부터 냉장고 속에 있는 것들을 부지런히 먹어 치우기 시작했다. 그래도 혼자서는 역부족이었다. 우리 집 냉장고와 찬장에는 '전쟁이 나도 석 달은 끄떡없을 것'이라는 관용구에 딱 들어맞을 정도로 많은 음식이 비축되어 있었다. 대부분 엄마가 보내준 것들이었다.

김이나 미역, 쌀, 콩, 멸치, 표고버섯 같은 마른 음식들, 맹물에 끓여도 깊은 맛을 내는 둘째 이모표 된장 같은 것들은 부지런히 지인들에게 나눠 주었다. 여기저기서 얻어온 김치와 젓갈, 냉동실에서 화석처럼 굳어버린 떡은 누구에게 줄 수도 없었다. 마음이 약해지면 아무것도 못 버린다는 생각에, 폐기물업체가 오기 전날 비장한 각오로 남은 음식물을 몽땅 음식물쓰레기통에 버렸다.

옷장을 정리할 때는 유명한 정리 컨설턴트인 곤도 마리에의 방법을 응용했다. 처음에는 '설레지 않으면 버려라'라는 그녀의 가르침을 따르려고 했다. 하지만 그 기준을 따랐다가는 옷을 몽땅 버려야 해서 기준을 '과연 1년 후에도 이 옷을 입고 싶을 것인가'로 바꿨다. 지금의 내 마음도 모르면서 1년 후의 내 마음을 알 리 없으련만, 어쨌거나 멀쩡하지만 1년 후에는 입고 싶지 않을 것 같은 옷들은 세탁해서 의류수거함에 넣고, 나머지는 계절별로 분류해서 박스에 넣었다.

책도 비슷한 방법으로 버릴 책과 연구실에 옮길 책, 중고서점에 팔 책으로 나누어 노끈으로 묶었다. 그러고 남은, 진정으로

잡다한 살림살이들, 이를테면 가위며 채반, 손톱깎이, 뒤집게, 공구 같은 것들은 체력도 달렸지만 도저히 분류할 정신력이 안 남아 모조리 박스 하나에 쏟아부었다.

일요일 오후, 1차로 연구실로 짐을 옮겼다. 소규모 이삿짐 업체에서 나온 건장한 청년 두 명이 이미 포장해놓은 박스를 연구실로 옮기는 데는 연구실까지 이동하는 시간 빼고 10분도 채 걸리지 않았다. 그랬는데도 쌓아놓은 박스로 연구실이 가득 찼다.

이튿날에는 예약해둔 폐기물 업체에서 사람이 왔다. 아저씨 두 분과 아줌마 한 분으로 구성된 환상의 조합은 도착하자마자 집을 조금씩 해체해 폐기물로 만들기 시작했다. 아줌마가 먼저 장롱이나 서랍에 남은 물건들을 대형 쓰레기봉투에 쓸어 담고 나면 아저씨들이 전동 드라이버를 이용해 가구들을 널빤지로 분해하거나 발로 부수고, 다시 아줌마가 투입되어 쓰레기로 변신한 예전의 가구들을 쓰레기봉투에 쓸어 넣는 식이었다.

오전에 시작한 집 정리는 오후 4시가 돼서야 끝났다. 텅 빈 거실에는 초가을 늦은 오후의 햇살이 가득했다. 베란다의 열어놓은 창으로 뜨뜻미지근한 광안리 바닷바람이 불어 들어왔다. 기분이 묘했다. 이 땅 어디에도 이제 내 집이 없다니.

허전하기보다는 후련했다. 반드시 돌아오지 않아도 된다는, 완전히 새로운 곳에서 새로운 집을 마련해도 좋다는 허락이라도 받은 것 같았다. 이런 방식이 아니라면 절대로 정리하지 못했을 낡고 오래된 살림살이, 반복되는 일상과 묵은 감정들을 그야말로 한 번에 정리했다는 뿌듯함도 느꼈다.

내게는 집 대신 여행 가방 두 개만 남아 있었다. 분명한 건 바로 그 순간 내 인생의 한 장이 끝나고 다음 장으로 넘어가고 있다는 사실이었다. 어떤 이야기든 시작할 수 있는 텅 빈 장이. 출국 일주일 전이었다.

독립은 돌아갈 곳이 없을 때 완성된다

덜덜덜, 작은 바퀴들이 아스팔트 위를 굴러가는 소리에 잠에서 깼다. 기숙사에서 네 번째 새 학기를 맞는 지금은 그게 무슨 소리인지 안다. 기숙사에 입사하는 학생들이 끄는 캐리어 소리다. 며칠 전부터 택배 상자들이 1층 로비에 쌓이는가 싶더니 드디어 새 학기가 시작된 것이다.

방학마다 계절수업이 끝나면 기숙사는 텅 빈다. 점호 벨이 울릴 때까지 기숙사 앞 정원에 삼삼오오 모여 웃고 이야기 나누던 소리들이 차차 잦아지다 방학 막바지에는 편의점도 문을 닫고, 기숙사 식당도 운영을 멈춘다. 그러면 시작되는 그야말로 거대하고 완벽한 고요. 하지만 기숙사 건물이 전부 내 것인 양 고요를 만끽하던 호사도 오늘 아침의 캐리어 소리와 함께 당분간 안녕이다.

1층 로비로 내려가니, 아니나 다를까 저마다 짐을 이고 지고 끌고 입사 접수를 하느라 어수선하다. 내가 머무는 기숙사는 대부분 신입생들이 생활한다. 그래서인지 학생들의 표정이 더 긴장돼 보인다. 뭔가 큰일이라도 치르는 듯 조금 비장해 보이기도 하고, 설렘도 느껴진다. 배정받은 방을 확인하고 한 학기 동안 함께 지낼 룸메이트를 만나고 생활수칙을 전달받고 기숙사 여기저기를 둘러보면서 그들은 생각할 것이다. 드디어 대학생이 되는구나, 드디어 독립하는구나.

그 분주한 열기 속을 빠져나오며 나는 혼잣말처럼 가만히 내뱉는다. 아직 멀었단다, 얘들아. 독립이란 게 말처럼 그리 간단한 게 아니란다.

대학 진학률이 80%에 육박하는 우리나라에서는 대개 대학에 들어가면서 처음으로 부모와 떨어져 지내게 된다. 기숙사에 들어가든 하숙이나 자취를 하든 처음으로 낯선 사람과 함께 생활하는 것도 이 무렵이다. 그중에는 계속해서 혼자 사는 이들도 있지만, 부모님이 계신 집으로 돌아가는 이들도 많다.

부모님과 떨어져서 지내보면 안다. 그간 얼마나 많은 부분을 부모님, 특히 엄마의 손길에 의존하며 지냈는지 말이다. 끼니를 챙기는 것부터 빨래와 방 청소까지 혼자 살면 스스로 책임져야 할 일이 한둘이 아니다. 제때 빨래를 못 해 신었던 양말을 다시 신고, 매일 늦잠을 자 수업에 지각하기를 밥 먹듯 하다 보면 자신이 얼마나 생활에 무능한 사람인지도 알게 된다.

기숙사에 살면 그나마 신경 쓸 일이 적다. 식사는 식당에서, 빨래는 공동 세탁실에서 하니 제 방만 잘 간수하면 된다. 하지만 혼자 방을 얻어 자취라는 걸 하게 되면 할 일은 몇 배가 된다. 개수대에 수북이 쌓여만 가는 설거짓거리, 냉장고 채소 칸에서 숙성되다 못해 썩어가는 채소들, 가스레인지에 눌어붙은 기름때는 기본이다. 화장실의 세면대를 매일 닦아주지 않으면 물때가 낀다는 것을, 머리카락을 매일 줍지 않으면 수챗구멍이 막힌다는 것을 혼자 살아보기 전에는 알 수 없다. 제때 공과금을 내야 하고, 변기가 고장 나면 누군가를 불러 수리해야 한다.

이런 생활의 소소한 불편함 때문에 차라리 왕복 서너 시간씩 걸리는 통학을 택하는 학생들도 있다. 불안함과 허전함도 무시할 수 없다. 정작 가족과 함께 지낼 때는 집에 가자마자 자기 방에 틀어박혀 밥 먹을 때가 아니면 가족은 본 척도 안 하면서 혼자 살게 되면 괜히 허전하고 외로워지는 모양이다.

나도 그랬다. 서울에 있는 대학에 진학하면서부터 부모님과 떨어져 지내기 시작했으니 이제 부모님과 함께 산 시간보다 따로 떨어져 산 시간이 더 길다. 그 사이 부모님은 두 번의 이사를 했고, 내 방은 없어진 지 오래다.

내가 생활하지 않은 집은 아무리 부모님이 계신 집이라고 해도 내 집 같지 않았다. 일 년에 두세 번 들르는 것으로는 익숙해지지도 않았고, 집에 가도 내 방이 없으니 자기 자리를 배정받지 못한 TV 리모컨처럼 집 안 어디에도 편한 곳이 없었다. 엄마와 함께 안방에서 자다가 화장실에 갈 때면 낯선 구조 때문에 '여긴 어디, 난 누구?'인 상황이 종종 생겼고, 가끔은 엉뚱한 자리에 놓여 있는 가구들에 부딪혀 정강이에 멍이 들기도 했다.

혼자 객지에 사는 큰딸이 왔다고 엄마 아빠가 이것저것 챙겨 주시는데도 어서 집에 가고 싶다는 생각이 들었던 때가 기억난다. 처음 그 생각이 들었을 때 나는 당황스러웠다. 그때 알게 됐다. 부모님 집이 곧 내 집은 아니라는 것을, 아니 더 이상 내 집일 수 없다는 것을. 기다리는 사람도 없고, 생활의 온기도 없는 곳이지만 내 몸의 움직임과 시간 감각에 맞게 공간과 물건과 동선이 짜인 그곳이 바로 내 집이라는 것을. 부모님께는 죄송하지만 나는 어서 내 집으로 돌아가고 싶었다. 어쩌면 그때가 내가 진정으로 독립한 순간이 아니었을까 싶다.

기숙사 앞 주차장에 자가용들이 빼곡하다. 아이들을 데려다 주러 온 부모님들이 여기저기서 서성이고 있다. 아이들과 함께 다시 차에 오르는 가족도 보인다. 이른 점심이라도 사 먹이러 가는 것이리라.

이 아이들은 한동안은 부모님 집에 갈 때마다 '역시 집이 최고'라고 말할 것이다. 하지만 머지않아 돌아가고 싶어도 돌아갈 자기 공간이 없어지거나 돌아갈 공간이 있어도 예전처럼 편하게 느껴지지 않는 순간이 올 것이다. 그건 곧 나만의 집을 찾아야 하는 때가 다가왔다는 말일 터. 독립은 그때야 완성되는 게 아닐까. 독립은 그 말의 낭만적인 뉘앙스와 달리 익숙한 공간에서 밀려나듯이, 원하지 않는 방식으로 갑자기 실감되기도 한다.

나의 정원

꽃다발을 살 일이 있어 꽃집에 들렀다. 수국 한 송이와 이름도 외우기 어려운 외래종 꽃들로 꽃다발을 만드는 것을 지켜보다 꽃집 사장님께 물었다.

"수국도 해거리를 하나요?"

학교 인문관 앞 화단에는 수국이 한 그루 있다. 7월이 되면 파란색의 크고 소담스러운 꽃이 피곤 하는데, 올해는 아무리 기다려도 소식이 없었다. 여름이 다 가도록 잎사귀만 무성하고 꽃이 피지 않는 게 이상했지만 어디 물어볼 데도 없어 걱정만 하다가 마침 전문가를 만난 김에 물어본 것이다.

꽃집 사장님은 수국은 해거리를 하지 않는다고 했다. 흙에 문제가 생겼을 가능성이 크다며 흙을 갈아주라는 조언 끝에 말을 이었다.

"그런데 정원 있는 집에 사시나 봐요. 요즘 정원 있는 집, 드문데. 부러워요."

"아, 네~. 그게, 음, 우리 집이 아니고 옆집이에요."

더듬거리다 얼떨결에 거짓말을 하고 말았다. 학교 기숙사에 살고 있으니 인문관 앞 정원이 우리 집 정원이라고 해도 됐을 것이다. 하지만 내가 정원 있는 집에 산다고 하면 꽃다발이 완성될 때까지 우리 집 정원, 아니 사실은 교정에 대한 대화를 나누어야 할 것 같았다. 그러면 나는 분명 교정에서 자라고 있는 나무와 꽃들에 대해 신이 나서 자랑할 게 분명했다. 이를 테면 이런 자랑.

우리 집 정원에는 나무가 정말 많아요. 별별 나무가 다 있죠. 삼나무며 오리나무, 단풍나무, 감나무는 물론이고, 매화나무와 동백나무도 있어요. 가장 많은 수종은 벚나무인데, 봄이 끝날 무렵에 벚꽃이 흩날리면 얼마나 눈부신지 몰라요. 꽃비를 맞으며 앉아 있을 수 있는 벤치도 있고, 어스름 녘엔 자동으로 노란 불이 켜지는 등도 있어요. 초여름이면 뻐꾸기가 울고, 7월이면 하얀 수련으로 뒤덮이는 연못도 있어요. 우리 집 정원을 구경하러 오는 사람들도 많아요. 봄에는 벚꽃을 보러, 여름에는 수련을 보러 찾아와요. 물론 언제나 대환영이랍니다. 저는 오스카 와일드의 동화에 나오는 거인처럼 심보가 고약한 사람이 아니니까요. 하지만 조금 으쓱한 기분이 드는 건 사실이에요. 왜 안 그렇겠어요. 이렇게나 멋진 정원을 언제든 거닐 수 있으니 말이에요.

이런 정원을 갖게 된 건 오는 8월로 꼭 2년째네요. 하루에도 몇 번씩 이 정원을 누비고 다녀도 매일 새로워요. 봄이 오면 말라 있던 나뭇가지들에 생기가 돌면서 새순이 돋아나는데, 그 빛깔이 순식간에 여기저기 번져가는 게 마치 초록 불길 같아요. 가을날에는 또 얼마나 빠른 속도로 물드는지…. 매일 그렇게 관찰하다 보니 이제는 어떤 나무에 새순이 돋을지, 어떤 가지에 꽃이 피기 시작할지 알아서, 미리 마중을 한답니다. 맞아요. '꽃 마중'인 거죠.

앞으로 얼마나 더 놀랄 일이 남아 있을지 짐작도 못 하겠어요. 오늘만 해도 그래요. 2년간 우리 정원을 그렇게 꼼꼼히 눈여겨보고 다녔는데도 또 새로운 나무를 발견했지 뭐예요. 바닥에 황금빛 좁쌀 같은 것들이 잔뜩 떨어져 있어서 뭔가

하고 검색해보니 금목서라고 하더라고요. 그러고 보니 언제부턴가 그 앞을 지날 때마다 은은한 향기가 난다 했더랬어요.

이런 자랑을 들으면 전문가인 꽃집 사장님은 내가 말하는 정원이 보통 가정집 정원과는 다르다는 것을 눈치챌 것이고, 시치미 떼는 걸 세상에서 가장 못 하는 나는 사실은 학교 기숙사에서 산다는 걸 실토하게 될 테고, 그러면 어떻게 해서 그런 곳에 살게 되었는지 구구절절 이야기하게 될 텐데, 뭐, 그래도 상관없고, 대화가 거기까지 진전되기 전에 꽃다발이 완성될 수도 있지만, 역시 조금 귀찮은 게 사실이라 나의 정원을 자랑하고 싶은 마음을 꾹 참고 거짓말을 할 수밖에 없었다.

꽃집 사장님은 완성된 꽃다발을 건네주며 수국 주변의 흙을 갈아주라고 다시 한번 당부했다. 그러면서 "정원이 있는 집에 사시니 참 좋겠어요"라고 덧붙였다.

품 안 가득 꽃다발을 안고 괜히 미안해하면서도 뿌듯한 마음으로 꽃집을 나섰다.

& 매실

요즘 매실을 줍는 재미가 쏠쏠하다. 출근하는 길, 도서관 앞의 매화나무 아래 매실이 우수수 떨어져 있다. 바닥에 떨어져 있는 매실을 그냥 지나칠 수 없어 오가며 하나둘 호주머니에 담아 오다 보니 어느새 연구실 테이블 위에 수북하다.

오늘 아침에는 삼베로 된 차 매트를 깔고 그 위에 매실을 색깔별로 늘어놓았다.

풋풋한 초록색 다음에 연두색, 연한 노란색 다음에 진한 노란색, 그리고 살굿빛 순으로 매실을 줄을 세워보니 멋진 그러데이션이 만들어졌다. 시간에 색깔이 있다면 이런 모습이 아닐까?

어쩌면 시간은 우리가 생각하듯 하나의 거대한 흐름이 아닌지도 모르겠다. 같은 나무에 맺힌 매실의 색깔이 다 다르다는 게 그 증거다. 그러니까 시간은 무수히 많은 가닥을 이뤄 각기 다른 속도로 흐르다가 세상에 존재하는 모든 것들에 스며드는 건지도.

내가
원조 미니멀리스트?

"지영 씨야말로 원조 미니멀리스트잖아요?"

얼마 전에 오랜 지인으로부터 이런 말을 듣고 깜짝 놀랐다. 그럴 리가. 미니멀리스트라고 하면 흔히 자연 친화적인 북유럽식 디자인의 가구와 정결하게 정돈된 집을 연상하게 된다. 그런데 나 같이 공간을 정리하고 관리하는 데 무심하고, 어떤 면에서는 무능하기까지 한 사람이 미니멀리스트라니. 게다가 나는 버리는 것에도 소질이 없어 찬장에는 언제 쓸지도 모를 비닐봉지와 쇼핑백, 씻어놓은 일회용 용기들이 그득하다.

그런데 곰곰이 생각해보면 그렇게 볼 만도 하다. 지금 살고 있는 기숙사도 그렇지만 전에 살던 집에도 가구랄 게 거의 없었다. 안방에는 침대와 6자짜리 장롱, 부엌에는 2인용 식탁 세트와 냉장고, 거실에는 3인용 소파, 그리고 공부방에는 책상 하나와 책꽂이 3개가 전부였다. 33평의 방 세 개짜리 아파트였는데 말이다. 사실 소파도 필요 없다는 걸 이사를 마친 지 한 달 만에 방문한 엄마가 거실이 너무 휑하다고 사주고 간 것이다.

부산으로 내려오기 전에도 살림살이는 단출했다. 단출하기만 한 게 아니라 옹색하기도 했다. 그나마 있던 냉장고와 세탁기는 중고였고, 책상과 책꽂이는 산 기억이 아예 없다. 주로 지인이 주거나 누군가 버리려고 내놓은 것을 주워 온 것들이었다.

술자리를 마치고 밤늦게 돌아오던 길, 어느 집 앞에 버리려고 내놓은 등나무 소파를 발견한 적이 있다. 고풍스러운 게 누워서 책 보기 딱 좋은 모양새였다. 그 밤에 당시 남자친구를 불러 둘이 그걸 낑낑거리며 옮겼다. 밤새 비라도 오거나 다른 사람이 주워 가면 낭패니까. 가까운 거리는 아니었다. 걷다 쉬다 하며 간신히 다세대주택 3층의 자취집까지 옮겨 놓았을 때는 부자가 된 기분이었다.(다시 생각해도 그때 남자친구는 참으로 무던하고 힘도 셌구나 싶다.)

접시며 밥공기, 국자같이 자질구레한 살림도구들은 함께 살던 친구들이 주고 간 것들이었다. 10년의 자취 생활 동안 함께 산 친구를 합하면 10명쯤 되니, 그 친구들이 떠나며 남기고 간 살림살이만으로도 생활하는 데 아쉬울 게 없었다.

부산에 올 때 그 등나무 소파는 가져오지 않았다. 대신 친구들이 물려주고 간 밥그릇과 접시, 수저, 그리고 쓰던 냉장고와 책상, 책꽂이를 챙겨왔다. 과일 가게 앞에 버려져 있던 나무 사과박스와 천 원짜리 허브 화분 세 개도. 살림살이는 1톤 트럭에 다 실을 수 있었다. 책이 가장 많았다.

대체 그 사과박스는 무슨 생각으로 부산까지 가지고 내려왔는지 지금도 모르겠지만 엄마의 고집에 못 이겨 들여놓은 소파 옆에 놓고 그 위에 화분 세 개를 올려놓았다. 그러면 거실이 제법 거실다워질 줄 알았는데… 여전히 금방 이사 나간 집, 아니면 아직 이삿짐이 덜 들어온 집 같았다. 그나마 그게 집안의 유일한 인테리어이자 데커레이션이었다. 그렇게 필요한 걸 다 갖추었는데도 집안이 휑했다.

그 덕에 부산에 내려온 후 몇 년 동안 우리 집은 그야말로 최적의 MT 장소였다. 친구 여럿이 한꺼번에 놀러 와도 끄떡없었다. 대학시절 MT촌의 냄새 나는 민박집과는 비교할 수 없이 깨끗했지만 오로지 많은 인원을 수용하겠다는 목적에 충실한 공간처럼 보인다는 점에서는 우리 집 거실도 다를 게 없었다.

어째서 내게 6인용 상 같은 게 있었는지는 기억나지 않는다. 여하튼 소파 말고는 아무것도 없는 거실에 그 상을 펴놓고 밤새 술을 마시다 옆에 쓰러져 자도 될 정도로 거실은 넓고 휑했다. 이튿날 아침에는 그 상에 둘러앉아 친구들이 물려준, 짝이 하나도 맞지 않는 그릇이며 수저를 모두 꺼내놓고 해장을 했다.

언젠가는 결혼할 거라는 생각 때문이었을까? 나만의 널찍한 공간이 생겼는데도 남들처럼 그 공간을 알뜰살뜰 채우고 가꾸지 않은 이유가. 그럴지도 모른다. 하지만 만약 결혼에 대한 기대가 진짜 이유였다면 결혼에 대한 생각을 접은 지금은 달라졌어야 한다. 무엇보다 그런 생각이 있었다면 애당초 기숙사에 살지도 않았을 것이다.

나는 여전히 새 물건들을 들이고 그럴듯하게 꾸며놓고 사는 일에 별로 관심이 없다. 미니멀리스트라서가 아니라 그런 물건들이 주는 만족감을 잘 모르기 때문이다. 물건이란 자꾸 써야 잘 샀구나 싶은 생각이 들고 더 좋은 걸 갖고 싶다는 생각도 들기 마련인데 그런 물건들을 적절히 사용하며 살기에 내 삶은 너무 심플하고 나는 너무나 게으른 사람이다. 한두 번 사용하다 시들해질 것들은 그래서 아예 들여놓지 않는다.

그런 점에서 기숙사는 내게 최적의 주거 공간이다. 기본적인 물품은 다 갖춰져 있어서 뭘 더 살 이유가 없다. 밥은 기숙사 1층의 식당에 가서 먹으면 되고, 빨래는 기숙사 지하의 공동 세탁실에서 하면 된다. 맛있는 커피가 생각나면 교내 커피전문점에 가고, 글을 써야 하면 연구실로 간다. 그러니 세탁기도, 커피머신도, 식기세척기도, 대형 냉장고도 필요 없다.

최영철의 시 중에 「거미」라는 작품이 있다.

> 집을 가지면서부터 나는 이 세상의 많은 집들을 잃어버렸다
> 하늘은 그 집 창으로 보이는 보자기만 한 허공
> 빗소리는 그 집 지붕을 두드리는 젓가락만 한 콧노래
> 집으로 가면서부터 나는 집으로 가지 않는 모든 길들을 잃어버렸다

나는 시 속의 화자와 반대로 집이 없어졌다. 집이 없어지니 세상의 모든 곳이 내 집이 되었고, 집에 없는 게 더 많으니

필요한 게 있는 곳이 다 내 집이 되었다.

그러고 보면 나는 미니멀리스트가 아니라 기숙사 생활에 최적화된 사람인지도 모르겠다. 혹은 기숙사의 영어식 표현인 '게스트 룸'에 최적화된 사람, 그러니까 게스트.

손님은 잠시 머물다 가는 사람이다. 뭘 많이 갖고 있어 봐야 움직이기만 번거롭다. 결국은 다 버리고 갈 것들이니 비싸고 좋은 물건을 고집할 이유도 없다. 필요하면 잠시 빌려 쓰고, 없으면 비슷한 거로 대체하고, 대체할 것도 없으면 없는 대로 적응하며 살면 된다.

집과의 궁합

궁합은 사람 사이에만 있는 게 아니다. 사람과 집과의 궁합도 있다. 이것저것 따져보고 조건이 맞아서 어떤 사람을 좋아하는 게 아닌 것처럼 집을 구할 때도 마찬가지다. '딱 보면 척하고' 알아볼 수 있다. 일종의 '삘'이 오는 거다.

물론 '삘'도 오고 조건도 좋은 집이 으뜸일 것이다. '삘'도 오고 조건도 맞아떨어지는 사람이 으뜸인 것과 마찬가지다. 그런 집이 이 세상 어딘가에는 존재하겠지만 그런 집은 대부분 내가 감당할 만한 수준이 아니다. 결국 '삘'이냐 조건이냐 둘 중 하나를 선택해야 한다. 나는 어느 쪽이냐 하면, 역시 '삘'이다.

부산에서 살게 된 첫 번째 집도 그렇게 얻었다. 객관적인 조건만 본다면 그 집은 그야말로 낙제 수준이었다. 아파트 외벽은 낡아서 시멘트가 군데군데 떨어져 있고 주차장은 턱없이 좁았다. 아파트 1층 입구 옆 쓰레기장에는 분리수거 통마다 쓰레기가 수북했고, 경비실 앞 바닥에는 택배 박스가 한가득 쌓여 있었다. 한 층에 10여 가구가 일렬로 늘어선 복도식이었는데, 복도는 어둡고 습해서 음침한 기운이 감돌았다. 엘리베이터도 하나밖에 없어서 출근 시간이면 13개의 층에서 엘리베이터를 타고 내려오는 사람들 때문에 발을 동동거릴 가능성이 컸다. 지은 지 30년이나 된 아파트라고 하니 당연했다.

하지만 그런 건 내 눈에 들어오지 않았다. 부동산 사장님의 차를 타고 아파트 단지에 들어서는 순간, 나는 이미 '뻘'이 꽂혀버렸기 때문이다. 단지 내 가로수가 온통 오래된 벚나무들이라는 점, 열린 차창으로 바다 냄새가 흘러들어온다는 점으로 충분했다.

내가 보기에는 집 내부도 나무랄 데가 없었다. 무려 33평에 방 세 개짜리 아파트였다. (비록 고개를 길게 빼야 했지만) 아파트 베란다에서 바다가 보였고, 창도 넓고 향도 남향이라 안방과 거실 전체가 환했다. 게다가 화이트로 칠한 싱크대며 문짝과

몰딩, 나라면 엄두도 못 냈을 색깔로 포인트를 준 벽지는 마치 인테리어 잡지에 나오는 신혼집 같았다.

보증금 전액을 대출받아야 했지만 월급으로 월세와 이자를 충당하면 될 일이었다. 학교까지 차로 평균 40분은 걸리니 결코 가깝다고 할 수 없는 거리였지만 나는 차가 있고 운전을 좋아하니 상관없었다. 부산에서도 악명 높은 교통체증 구간이 끼어 있지만 러시아워를 피해 일찍 출근하고 늦게 퇴근하는 방법이 있었다.

이미 그 집에 완전히 마음을 뺏긴 나를 막을 것은 아무것도 없었다. 그 자리에서 바로 계약했다. 집을 얻으러 다닌 지 하루 만에, 겨우 세 번째 본 집에서 첫 부산살이를 시작하기로 한 것이다.

다행스럽게도 나의 '삘'은 틀리지 않았다. 한때 부산의 부자들이 살던 동네라는 명성에 걸맞게 단지 환경이 좋았다. 해안가를 따라 조성한 데크를 걸으면 10분 만에 광안리 해수욕장에 닿았다. 밤에 바닷가로 산책하러 나가면 한 번도 가본 적 없는 캘리포니아의 해안가를 산책하는 기분이 들었다.

단지 내 상가에는 슈퍼마켓, 세탁소와 반찬가게, 은행과 문방구가 있었고, 2층에는 유명 브랜드를 카피한 옷을 주로 파는

양장점들과 아기자기한 일제 수입 잡화를 파는 가게도 있었다. 조금만 걸어가면 창고형 아울렛이 있었고, 규모는 작지만 없는 게 없는 수산시장과 다른 동네에서 일부러 찾아오는 빵집, 그리고 동네 친구와 술 한잔하기 좋은 작은 술집과 카페들도 많았다.

바다나 벚꽃이야 그렇다 해도, 동네 슈퍼나 가게들은 흔하디 흔하지 않으냐고 생각할지도 모르겠다. 하지만 대단지 아파트가 만들어내는 고유한 정서라는 게 있다. 소시민의 세계가 주는 안정감이랄까. 나로서는 꽤 오랜만에 느껴보는 감정이었다. 부모님 집을 떠난 뒤 내가 살던 동네는 주로 대학촌이었다. 학생들과 젊고 가난한 커플들이 철새처럼 잠시 머물다 가는 동네. 물가가 싸고 활기도 넘쳤지만 늘 어수선한 분위기의 그 동네를 친구들이 결혼하거나 직장을 잡아 하나둘 떠나도록 나는 떠나지 못했다. 그런 동네의 옥탑방과 원룸, 낡은 연립주택을 1, 2년마다 옮겨 다니며 그나마 마음의 안정을 느낄 수 있었던 건 내 모교이자 직장이나 다름없는 학교가 가까이 있었기 때문이었다.

이 아파트에 살면서 나는 비로소 평범한 중산층 가족들의 삶 속으로 끼어든 것 같았다. 하교 시간이 되면 재잘거리는 아이들 목소리가 들리고, 볕 좋은 날에는 노인들이 바닷가 길을 따라 느린 걸음으로 산책하고, 늦은 오후가 되면 주부들이 마트에서 장을 보는 모습이 정겨웠다. 봄이 되면 진가를 발휘하는 벚나무의 향연과 가을이면 바다 위를 수놓는 불꽃놀이는 덤이었다. 꽃놀이, 불꽃놀이를 보러 몰려드는 사람들 때문에 솜사탕 장수며 옥수수 장수들이 단지 내 좁은 도로를 점령해도 멀리 갈 것 없이 축제를 즐길 수 있어 괜히 들뜨곤 했다.

그러나 세상에 공짜는 없는 법. '뷰'을 따른 대가가 있었다. 집에는 수시로 바퀴벌레가 출몰했고(다행히 나는 바퀴벌레를 비롯한 어떤 벌레도 무서워하지 않는다. 바퀴벌레를 잡는 나만의 노하우도 있다.), 중앙난방이라 겨울에도 하루에 두 번씩만 정해진 시간에 난방이 되었고, 여름이면 밀려드는 피서객으로 주변이 어수선했다. 더위를 피하려고 열어놓은 창문으로 한밤중에도 쉴 새 없이 달리는 차량들의 소음과 아파트 단지를 가로질러 광안리까지 이어지는 해변 도로를 질주하는 폭주족들의 엔진 소리, 그리고 한때 나의 로망이기도 했던 '빠라바라바라밤' 소리에 깨서 욕지기를 내뱉은 게 한두 번이 아니다.

압권은 따로 있었다. 바로 쥐다. 다행히 나는 쥐도 별로 무서워하지 않는다. 물론 좋아하는 것은 아니지만 경기를 일으킬 정도는 아니다. 어릴 적 반지하 집에 살 때 여기저기서 출몰하던 쥐에 익숙해졌기 때문일 것이다. 하지만 집 안의 쥐라면? 그것도 아파트의? 그건 전혀 다른 이야기다.

식탁에서 원고를 쓰다 불을 켜지 않은 거실 쪽에서 들려온 그 소리가 쥐의 발소리(?)였는지 아닌지는 지금도 알 수 없다. 소리가 들리자마자 고개를 돌려 소리 나는 쪽을 돌아보았을 때 잽싸게 사라져버린 그 작고 시커먼 것이 쥐인지 아닌지도 확실하지 않다. 아니, 사실은 알고 싶지도 않다. 하지만 현실을 직시하자. 움직이는 것 중에 발톱같이 작고 단단한 것으로 우드륨 바닥을 긁는 소리를 내는 생명체가 쥐 말고 무엇이 있겠는가. 강아지를 키웠던 것도 아닌데….(어쩌면 엄청난 크기의 바퀴벌레일 수도 있겠다.)

나는 그 정체불명의 움직이는 것이 언제 다시 출몰할지 몰라 며칠을 가슴 졸이며 지냈다. 경비 아저씨에게 말했지만 '에이, 설마' 하는 시큰둥한 반응에 내가 헛것을 보고, 헛소리를 들은 거라고 자신을 속이다 어느새 잊어버리게 되었다.

다른 사람들이라면 정나미가 떨어졌을 이 모든 일에도 불구하고 나는 그 집에서 4년을 살았다. 세 번째 계약을 연장해야 할 때가 되자 주인은 월세를 두 배 가까이 올려달라고 했다.

이사하는 수밖에 없었다. 새로운 곳에서 살아볼까 하는 마음에 다른 동네를 기웃거려봤지만 내 예산으로 갈 수 있는 아파트는 없었다. 다행히 같은 단지에 비슷한 월세에 세들 수 있는 평수가 작은 아파트가 있었다. 그 집에서 다시 3년 반을 보내고, 나는 연구년을 떠났다.

지금은 기숙사에서 지내지만 언젠가는 집을 구해 나가야 할 것이다. 그때도 나는 '삘'을 따를까? 아마도 그럴 가능성이 크다. 나는 사람이건, 공간이건, 일이건, '삘'이 우선인, 좋게 말해서 낭만주의자, 있는 그대로 말해 대책 없는 사람이니까.

그런 마을
어디 없을까요?

낭만주의자에게 아파트는 어울리지 않는다. 물론 아파트는 안전하고 생활하기가 여러모로 편리하다. 하지만 창밖으로는 남의 집 살림살이 아니면 콘크리트 외벽만 보이고, 현관문을 열자마자 노골적으로 은밀한 사생활이 드러나는 천편일률적인 구조와 낮에도 불을 켜야 하는 사실이 나는 늘 답답하다.

낭만주의자에게는 역시 주택이 어울린다. 유실수 한두 그루를 심을 수 있고, 고추며 상추 같은 것들을 직접 길러 먹을 수 있는 작은 정원이 있는 주택이면 가장 좋다. 정원이 없다면 빛이 잘 드는 커다란 창이 있고, 거기에서 산과 숲을 내다볼 수만 있어도 좋다.

문제는 비혼의 낭만주의자에게 그런 주택은 언감생심이라는 거다. 도시의 주택은 대개 두 가지 유형밖에 없다. 하나는 다세대주택이나 연립주택, 다른 하나는 넓은 정원에 높은 담장을 두른 산 중턱의 저택. 그러나 손바닥만 한 정원은 고사하고 손바닥만 한 햇빛조차 들지 않는 연립주택이나 다세대주택은 아파트보다 나을 게 없고, 부촌의 저택은 내가 장만하는 것도, 혼자 사는 것도 불가능하다. 그렇다고 어디 한적한 시골로 내려가 살기는 아무리 겁 없는 나로서도 조금 망설여진다.

그리하여 주택에 사는 꿈은 거의 접었는데, 그게 아주 불가능한 일만은 아닐 수 있다고 생각하기도 한다. 우리 학교 뒤에 있는 마을 덕분이다. 양팔을 벌린 듯 펼쳐진 산자락에 파란 지붕의 낡은 단층집들이 옹기종기 모여 있는 모습이 나에게는 정겹고 아늑하기만 하다.

골목 어디에서든 고개를 들면 하늘이 보이고 마을 뒤쪽에는 푸른 산이, 멀리 바다가 보이는 곳. 초여름이면 산에서 흘러 내려온 아카시아 향기가 머물고, 가을이면 파란 지붕 위에 널어놓은 빨간 고추가 햇빛에 반짝이는 풍경은 어릴 적 고향의 모습과 마음속에 그리고 있던 이상적인 마을의 모습을 합쳐놓은 것 같다. 게다가 학교까지는 걸어서 15분밖에 안 걸리니 아침저녁으로 상쾌한 산 공기를 마시며 산보하듯 출퇴근할 수 있을 테고, 15분이면 시내 지하철역에 도착하는 마을버스의 종점도 있다. 부산 같은 대도시 한복판에 이런 공간이 있다니, 그야말로 나 같이 '뷀'이 중요한 사람에게는 더할 나위 없이 안성맞춤인 동네다.

하지만 겉보기와 달리 실상은 그렇게 낭만적이지 않다. 산업화 시기에 인근에 공장이 들어서면서 형성되었다는 마을의 유래와 부산의 마지막 달동네라고 불리는 명성(?)에 걸맞게 마을에는 15인승 마을버스가 다니는 2차선 도로 외에는 소방도로도 내기 힘들 정도로 가파르고 좁은 골목과 계단이 대부분이고, 산비탈을 따라 다닥다닥 붙어 있는 집들은 대부분 무허가인데다가 산 중턱에는 폐가가 된 집들도 많다. 약국이며 카페는 고사하고 편의점도 하나 없으며 마을이 그토록 조용한 것도 주민 대부분이 노인들이기 때문이다.

그렇더라도 볕이 잘 드는 작은 집을 장만해서 깨끗이 수리하면 이 정도의 불편함은 아무것도 아니다. 쥐나 바퀴벌레와도 동거하던 내가 아닌가? 부엌이며 화장실을 사용하기 편리하게 고치고, 산 쪽으로 커다란 창을 낸 거실 겸 서재를 만들고 나무로 마루를 깔면 어떨까? 혹시라도 여력이 된다면 이웃해 있는 작은 집을 한 채 더 사서 작은 테이블을 놓을 수 있는 마당을 만들 수도 있을 것이다. 볕 좋은 휴일에는 마당에 이불을 꺼내 말리고, 노을이 밀려오는 저녁에는 테이블에 앉아 맥주 한잔을 마시며 하나둘 불이 켜지는 마을을 바라보며 숨가빴던 하루를 평화롭게 마무리할 수 있으리라….

이런 낭만적인 감상에 젖어 있다가도 고개를 절레절레 흔들며 들떴던 마음을 다독이는 이유는 단 한 가지다. 이곳이 '마을'이라는 이유 때문이다. 그렇다. 이곳은 단순한 주거단지가 아니다. 옆집에 누가 사는지도 모르고 알고 싶어 하지도 않는 아파트 단지와 달리 이웃끼리 서로의 사정을 속속들이 아는 '마을', 자고 나면 밤사이 이웃에 무슨 일이 있었는지 다 아는 '마을'인 것이다.

내가 과연 그런 '마을'에서 살 수 있을까? 이 질문에 도달하면 이내 겸허해진다. 맑은 공기와 새소리, 환한 별과 탁 트인 시야를 위해서라면, 그러니까 '삘'과 낭만을 위해서라면 편리함과 쾌적함을 기꺼이 포기할 수 있는 나도 너무 가까운 관계만큼은 자신이 없다.

집과 집 사이의 물리적인 거리를 말하는 게 아니다. 관계의 거리, 심리적인 거리를 말하는 거다. 오가며 만나는 동네의 모든 사람과 인사를 나누고, 마을 공터에 운동기구와 평상 중 무엇을 설치할지 같은 마을의 현안을 주민회의를 통해 결정하는 생활을 과연 내가 할 수 있을까? 수시로 남의 집 대문을 넘나들며 음식을 나눠 먹고, 나를 볼 때마다 중매를 서겠다고 나서는 동네 어르신들과 사이좋게 지낼 수 있을까? 잘할 수도 있을 것이다. 나는 언제나 어른들에게 참한 며느릿감이라는 칭찬을 받았다. 대학 시절 농활이나 빈활을 가도 그랬다.

문제는 내가 동네 사람들과 가족이 되고 싶은 생각이 없다는 거다. 며느리는 더더욱 사양이다. 나는 그저 적당한 거리를 유지하며 유연하게 연결되고 느슨하게 통하는 이웃을 원할 뿐이다. 이런 내게 맞는 마을이나 공동체가 있을까? 잘 모르겠다. 그러니 나는 한동안 더 기숙사에서 살게 될 것 같다.

머문 자리마다 폐허, 아니라 금싸라기 땅

아직도 기숙사에서 지내고 있다는 걸 알게 된 친구가 충고를 해주었다.

"이제 집을 장만할 때도 되지 않았어? 나이 들어 그렇게 살면 추레해 보여."

설득력이 있었다. 홈쇼핑에 물건을 주문하며 배송지 주소를 기숙사로 남길 때면 어쩐지 민망한 마음이 드는 것이 사실이었다. ARS 자동 응답기에 음성을 남기는 건데도 말이다. 그게 아니더라도 부산에 내려온 지 10년이 넘었고 이변이 없는 한 계속 부산에서 지낼 테니 언젠가는 안정적으로 살 집을 마련해야 할 것이다.

하지만 그 친구의 말뜻은 그게 아니었다. 일종의 투자, 즉 노후 대비를 위한 수단으로 집의 필요성을 조언해준 것이다. 그 친구 말에 따르면, 물려받을 유산도 없고 돌봐줄 가족도 없는 비혼자들은 돈이라도 많아야 노후 걱정이 없단다. 그리고 집이야말로 여전히 가장 효과적인 재테크 수단이라는 것이다.

나와 마찬가지로 혼자 살면서 서울 사대문 안에 아파트를 마련한 친구의 말이라 더 솔깃했다. 금리가 낮고 아파트 가격 상승 폭이 큰 우리나라에서는 대출을 받아서라도 아파트를 사놓는 게 유리하다는 걸 나도 알고는 있다.

그러나 선뜻 집을 알아볼 생각이 들지 않는다. 건전한 시민의식을 지닌 사람으로서 무리하게 대출까지 받아 가며 불로소득을 기대하는 일이 양심에 꺼려진다거나 하는 것은 아니다.(이미 앞에서 봤겠지만 '무리하게 대출까지 받아 가며' 땅도 산 사람이다.) 그보다는 집을 장만하는 일이 내게는 엄청난 일로 여겨진다. 더 정확히 말하자면, 숫자가 관련된 일에 관해서라면 심각한 어려움을 느낀달까?

돈 버는 일은 아무나 하는 것이 아니다. 세상에 공짜는 없다. 매도를 염두에 둔다면 '삘' 받는다고 아무 집이나 살 수 없다.

부동산에 대해 열심히 공부해야 하고, 모델하우스 같은 데도 부지런히 다니며 안목을 키워야 투자 가치가 있는 집을 선택할 수 있다. 분양이니 대출 금리니 이런 것들에 대해서도 잘 알아야 한다. 집을 사고 나서는 부동산 시세를 지속적으로 모니터링해야 언제 집을 팔고 차익을 챙길 수 있을지 알 수 있다.

하지만 나는 숫자에 아주 어둡다. 그냥 하는 소리가 아니다. 0이 몇 개인지 일일이 세보지 않고 백만이라는 숫자를 읽게 되기까지 40년이 걸렸다. 그보다 0이 하나라도 많아지면 아직도 손가락으로 자릿수를 짚어가며 '일, 십, 백, 천…' 하고 숫자를 세야 한다. 학창 시절 수학 문제를 풀 때도 그랬다. 계산해서 나온 답이 보기에 없으면 다시 푸는 게 아니라 내 마음대로 반올림을 해서 가장 비슷한 숫자를 선택했다. 그러니 투자를 한답시고 열심히 쫓아다니면 다닐수록 사기당할 가능성이 커진다. 어디 그뿐인가. (이미 짐작했겠지만) 귀까지 얇아서 상대가 조목조목 설명하며 친절한 태도로 매물을 권하거나 반대로 카리스마 있게 밀어붙이면 홀딱 넘어갈 게 뻔하다.

내가 이렇게 셈에 약한 것은 집안 내력이다. 우리 부모님은 환갑을 코앞에 두고서야 집 한 채를 간신히 장만했다. 30평이 조금 넘는 제주시 외곽의 아파트는 최근 불어 닥친 개발 열풍으로 덩달아 값이 올랐지만 그래 봤자 서울 강북 아파트값의 반도 안 될 것이다. 두 분 다 교직에 계셨고, 그 기간을 전부 합치면 60년이 훌쩍 넘는데도 그렇다. 그 말은, 두 분이 인생 대부분을 셋집살이로 전전했다는 뜻이다.

그 시절 많은 사람이 그랬듯 두 분 역시 70년대 말 빈손으로 고향을 떠나 상경한다. 30대 초반에 코흘리개 하나를 데리고 서울이라고 하기도 어려운 변두리 동네에서 시작한 서울살이는 영등포, 목동, 천호동 등등, 엄마의 회고에 따르면 진흙에 발이 푹푹 빠질 정도로 촌구석이었던 동네들로만, 그것도 문간방이나 반지하 집을 전전하며 이어진다. 그래도 상경한 지 5~6년이 채 안 돼 온 국민의 로망이었던 아파트에 입성했으니 그리 나쁜 출발은 아니다. 비록 전세긴 했지만 그렇게 짧은 시간에 화장실이 집 안에 있고 엘리베이터도 있는 아파트에 살 수 있게 된 것은 무엇보다 두 분이 안정적인 직업을 갖고 있었기 때문에 가능했을 것이다.

거기다 시골 초등학교 선생이었던 아빠는 무슨 '빽'이 있었는지 서울로 올라오며 강남의 명문 사립 고등학교로 자리를 옮겼고, 이내 그 이름값을 이용해 고액 과외까지 했다고 한다. 그리고 다 알다시피 그 시절이야말로 우리나라 최고의 경제 성장기였다. 돈이 잘 돌고, 개발이 한창이던 때라 조금이라도 자본이 있거나 부지런히 노력하면 돈을 벌 수 있는 호시절이었다. 특히 부동산 투기는 소시민을 순식간에 자산가로 만드는 지름길이었다. 당시 뉴스에서 '복부인의 치맛바람' 운운하던 게 지금도 기억난다. 상황이 그랬으니 우리 부모님 역시 마음만 먹으면 자산가가 될 수 있었다. 전세로 전전하는 대신 무리를 해서라도 아파트를 장만했더라면 말이다.

2013년에 출간된 박해천의 『아파트게임』은 한국의 중산층이 바로 이와 같은 방식으로 형성되었다는 사실을 한국 소설의 여러 장면을 훑으며 보여준다. 이 책을 읽다가 나는 땅을 치며 아까워하지 않을 수 없었다. 우리 부모님이 놓친 기회가 어떤 것인지 너무나도 일목요연하게 정리되어 있었기 때문이다. 거기에 언급된 주요 아파트 투기 지역들이 정확히 우리가 살았던 곳이다.

우선 그 유명한 도곡동의 은마아파트가 있다. 우리 가족이 처음으로 입성한 아파트다. 이어 과천과 잠실, 그리고 제주에 이르기까지 우리가 거쳐 간 모든 지역의 아파트들은 사기만 하면 돈을 버는 곳이었다. 60년대 시인이었던 김종삼은 자신이 집어 들기만 하면 "블론드 빛깔의 과실들"도 썩어간다고 비통해했지만(「원정(園庭)」), 우리 가족이 살다 떠나기만 하면 아파트들은 금싸라기로 변했다. 그런데 그게 다 무슨 소용인가. 정작 부모님은 내내 전세로만 전전했는걸. 진정으로 우리 부모님은 한국 투기 역사의 포레스트 검프였다!

뒤늦게 아파트를 장만하긴 했으나 부모님은 제주 부동산이 가파르게 상승할 때에도 제주에 땅 한 뙈기 마련하지 못했다. 그 이유를 물어보면 그럴 여유가 없었다고 말씀하신다. 하지만 아무래도 그건 핑계다. 두 분은 단지 그런 주변머리가 없으셨던 거다. 나 역시 마찬가지다. 내가 2013년에 『아파트게임』을 읽고 진짜 깨달음을 얻었다면 그때라도 제주에 땅을 샀어야 했다. 그랬다면 지금쯤 '떼돈'은 아니더라도 꽤 이익을 봤을 것이다. 하지만 어쩔 수 없다. 나는 모든 금싸라기 땅을 사뿐히 즈려밟고 고작 30평짜리 낡은 아파트에 정착한 그 부모의 그 자식인걸.

연애만 할 사람이면 좋아요

"너 언제까지 그렇게 살 거니?"

이번 설에도 어김없이 시작되는 엄마의 레퍼토리. 이쯤 되면 포기할 법도 한데, 엄마는 포기를 모른다. 마흔 넘은 딸의 결혼 타령을 늘어놓으실 때마다, 살면서 모든 걸 다 가질 수는 없는 법이라고, 내가 결혼을 했으면 지금처럼 내 일을 즐기며 살 수 있었겠느냐고, 여자가 직장 생활하며 살림하는 게 얼마나 힘든지 누구보다 잘 알면서 어째 그런 말씀을 지치지도 않고 하시느냐고 대꾸할 틈도 주지 않고 쏘아 붙이지만 그때뿐이다. 포기를 모르는 엄마의 집념에 호기심이 일 지경이다.

"왜? 엄마는 내가 결혼 못 해서 부끄러워?"라고 물으니, 엄마는 손사래를 치며 "그건 아니지. 그런데… 부럽긴 하지"라고 대답하신다. "남들 하는 건 다 해보고 살아야 하는 거야"라며 2절을 시작하시려는 찰나, 이번에는 조금 다른 전략을 써본다.

"그럼 내가 애 낳으면 엄마가 봐줄 거야?"

"어유, 얘, 내가 이 나이에 애를 어떻게 보니?"

내일 당장 결혼한다 해도 내 유전자를 성공적으로 전달할 확률은 희박하지만, 공격은 최선의 방어라고, 아니나 다를까 엄마는 화제를 다른 곳으로 돌린다.

30대 초반에 잠깐 만나던 남자와의 대화가 떠오른다. 소개팅으로 만난 사람 중 제법 오래 만난 축에 드는 그는 대기업의 연구원이었는데, 어느 날 자신이 꿈꾸는 미래에 대해 들려줬다. 잔디가 깔린 넓은 마당에서 큰 개를 키우고, 집 안에는 오디오룸을 만들고 싶다고 했다. 그리고 퇴근하면 아내와 함께 저녁 식사를 하는 모습을 그려본다고 했다.

그때 나는 조금도 설레지 않았다. 그런 게 인생의 목표라니 시시하고 지루하다고 생각했다. 된장찌개를 끓여놓고 퇴근할 남편을 기다리는 삶을 꿈꾸는 사람도 있겠지만 유감스럽게도 나는 그런 사람이 아니었다. 그래서였을까. 두 계절을 넘기지 못하고 그 관계는 끝이 났다.

이상한 것은 나는 결혼에 대한 환상이 눈곱만큼도 없었으면서 독신주의(그때는 '비혼'이라는 말이 없었다)는 아니었다는 거다. 누군가 결혼할 생각이 있기는 한 거냐고 물어오면 "좋은 사람 있으면요"라고 대답했고, 만나는 사람이 없을 때는 들어오는 소개팅을 마다하지 않았다.

30대 중반에서 후반으로 넘어갈 무렵, 나는 시간을 내서 내 이상형을 심각하게 고민해본 적이 있다. 누가 물어오면 이상형이 없다고 하면서 좀처럼 마음에 드는 사람을 만나지 못하는 이유가 나도 궁금했기 때문이다. 오랜 숙고의 결과 나는 내 이상형이 '책 읽는 육체노동자'라는 결론에 도달했다. 그러고 나니, 눈이 너무 높은 거 아니냐는 사람들의 말에 손사래를 치며 부인했던 게 무색해졌다. 알고 보니 나는 눈이 '엄청나게' 높았던 것이다! 지성미와 야성미를 겸비한 남자라니.

게다가 내게는 '열렬한 구애'에 대한 은밀한 욕망도 있었다. 어쩌면 그때 내가 퇴짜를 놓았던 사람들도 내게 열렬히 구애했다면 못 이기는 척 사귀었을지도 모를 일이다. 그런데 그게 어디 말이 되느냐 말이다. 소개팅으로 처음 만난 사람에게 죽자사자 매달릴 사람이 어디 있겠는가. 내가 전지현이나 이영

애쯤 되면 모를까. 그러니까 나는 노골적인 구애 없이는 상대가 나에게 관심이 있다는 것을 알아차리지 못할 정도로 둔했고, 그런 노골적인 구애만이 진심을 보증해주는 거라고 생각할 정도로 연애에 대해 심각한 오해를 하고 있었던 것이다.

이 나이가 되니 그런 이상한 생각의 기원이 무엇인지 알 것도 같다. 사춘기 시절 열광하며 탐독했던 순정만화와 할리퀸 로맨스가 원흉이다. 거기에 로맨스 드라마까지 참조하면서 나는 사랑에 대해 참으로 비현실적인 꿈을 키워왔다. 이를테면, 예쁘지는 않지만 개성을 가진 여주인공과 그녀의 숨은 가치를 알아보는 남주인공, 미워도 다시 한번, 너 없이는 못 살아, 내 안에 너 있다, 같은 말들.

그걸 깨달은 지금은? 지금도 여전히 '책 읽는 육체노동자'가 이상형이다. 누군가 사람을 만나볼 생각이 있냐고 물어오면 거절하지는 않는다. 사람은 잘 변하지 않기 때문이기도 하고, 연애에 대한 환상 자체가 문제가 아니라는 것을 알기 때문이기도 하다. 그런 달콤한 환상 없이 타인이라는 미지의 땅에 발을 들여놓을 용기를 내기는 쉽지 않다.

내 문제는 연애에 대해 환상을 가졌다는 게 아니라 연애를 결혼과 바로 연결 지었다는 점이다. 그러니까 미지의 땅에 매혹되어 발을 내디뎠으면 그 땅을 누비며 마음껏 그 아름다움에 탐닉하면 그만일 것을, 그 땅을 결혼이라는 통치술로 식민지화하려고 했던 게 문제였다. 나라를 잘 다스릴 능력도 없으면서 남들이 다 하니까 나도 당연히 그렇게 해야 하는 줄 알았던 거다. 다시 말해 내가 결혼이 적성에 안 맞는다는 걸 너무 늦게 알았던 거다.

그래서 이제는 이렇게 말한다. "그런데 결혼은 생각 없어요. 그냥 연애만 할 사람이라면 좋아요."

문제는 나는 이렇게 열린 자세로 겸허히 기다리고 있는데 정작 사람을 소개해주겠다고 말을 꺼낸 쪽에서 감감무소식이라는 거다. '결혼 생각이 없다'고 말한 게 이유인지, 내 나이가 이유인지 알 수 없는 일이다.

& 나는 조용히 산다

여름 양말 한 묶음 / 스타킹 한 묶음 / 러닝셔츠 두 벌
반소매 티셔츠 두 벌과 요가복 / 딸기 한 바구니 / 바나나
한 송이 / 찹쌀 꽈배기 한 봉지 / 유칼립투스 화분

학교 아래 동네에서 장을 봤다. 일요일 저녁에 가끔 하는 나들이다. 장을 보고 돌아오는 셔틀버스 안, 일요일이라 승객도 별로 없다.
네온사인 불빛으로 화려하게 빛나는 세상을 뒤로하고 어둠에 잠긴 교정을 오르는 버스 안에 앉아 있자니 조금 전까지 사람들이 북적대던 곳에 있던 것이 신기루 같다. 마침 라디오에서는 90년대 가요가 흘러나오고 버스의 실내등도 흐릿하다. 어디 먼 도시에 여행을 다녀오는 여행자 같기도 하고, 장날에 읍내에 다녀오는 비구니 같기도 하다.

연구실의 용도

나는 강의가 없는 날에도 대부분의 시간을 연구실에서 보낸다. 연구실은 나에게 또 하나의 집이다. 이를테면, 아주 넓고 큰 나만의 서재. 내가 집에 대한 애착이 별로 없는 것도 어쩌면 연구실이라는 공간이 있기 때문인지 모른다.

연구실에는 넓은 책상과 마음껏 책을 꽂을 수 있는 책꽂이는 물론 세면기와 냉장고도 있어서 화장실에 가는 것만 빼고 온종일 연구실에서 보내도 불편할 게 없다. 교내 식당에 가는 것도 귀찮은 날에는 1층 편의점에서 샌드위치와 컵라면을 사다가 점심과 저녁 모두를 때우기도 한다.

아파트에 살 때도 집에서 지내는 시간보다 연구실에서 지내는 시간이 훨씬 많았다. 내 일을 방해하는 가족도 없고, 집이 답답하거나 층간소음처럼 불편할 말한 문제가 있는 것도 아니었는데 왜 나는 쉬는 날에도 연구실로 향했던 것일까? 다른 사람들은 집에서 하는 일을 하러 말이다.

그때는 몰랐지만 기숙사에 살고 보니 그 이유를 알 것 같다. 집이 넓다고 무조건 좋은 게 아니라는 걸. 함께 부대낄 사람이 없으면 그 공간을 가득 채우는 건 무거운 적막뿐이라는 걸.

특히 저녁 무렵과 주말에 더 그랬다. 어쩌다 저녁밥 짓는 시간쯤에 퇴근하면 아파트 복도는 저녁 준비로 조용하게 소란스러웠다. 압력밥솥 꼭지 돌아가는 소리, 도마질 소리, 된장찌개 냄새와 생선 굽는 냄새가 흘러나오는 복도에 들어서면 어느 집인지 찾아가 그 창 아래 서 있고 싶은 생각과 그 정겨운 소란을 피해 얼른 내 집으로 들어가고 싶은 생각이 동시에 일었다. 평일에는 조용하던 복도가 주말이면 현관문 여닫히는 소리와 왁자지껄 떠드는 아이들 소리로 어수선했다. 그런 것들이 내 집에는 없었다.

방 세 개짜리 아파트로 이사한 날, 나름의 계획을 세웠었다. 각각 안방과 옷방, 그리고 공부방으로 정하고 그 넓은 공간을 마음껏 누리리라 기대했다. 하지만 안방에서 깨어나, 주방에서 아침을 먹고, 옷 방으로 건너가 옷을 갈아입은 다음, 거실 소파에 앉아 차를 마시며 음악을 듣다가, 공부방에 가서 책을 읽고, 다시 주방에 가서 점심을 먹는 부지런함과 우아함을 실행해본 적은 한 번도 없다. 33평의 방 세 개짜리 아파트는 혼자 쓰라고 만들어놓은 공간이 아니다. 식구마다 하나씩 방을 차지하고 들어앉아 각자 할 일을 하다가 밥 먹을 때는 주방에, TV 볼 때는 거실에 모이라고 만들어놓은 공간이다.

나는 침대 하나면 충분했다. 커다란 창으로 흘러드는 햇빛 속에 아기처럼 웅크리고 누워 잠도 자고 책도 보고 휴대폰으로 DMB도 보고, 때로는 요기도 침대에서 해결했다. 하지만 침대에서 온종일 보내고 날이 저물면 잘 쉬었다는 느낌보다는 망망대해를 표류한 느낌이었다. 정말 그랬는지도 모른다. 나는 적막으로 출렁거리는 집 안에서 침대를 타고 표류하고 있었던 건지도 모른다. 어딘가 안전한 곳으로 탈출해야 했다. 연구실이 나의 도피처였다.

기숙사로 거처를 옮긴 요즘에도 연구실에서 보내는 시간이 더 많다. 그러나 예전처럼 연구실로 도망치는 건 아니다. 일인 맞춤용 공간인 기숙사에서는 도망칠 이유가 없다. 그보다는 연구실에는 그곳에서만 누릴 수 있는 것들이 있다.

이른 아침, 산에서 불어오는 바람이 연구실 창밖의 나무들을 스치며 내는 소리를 놓치기 싫어 일요일에도 아침 일찍 연구실로 향한다. 여름날 오후, 정신없이 컴퓨터 화면을 바라보다 문득 고개를 들었을 때 블라인드 그림자와 석양빛이 연구실 벽에 그려놓은 사선을 발견하는 순간, 빛과 그림자가 서서히 길어지며 연구실 안쪽까지 파고들다가 그 경계가 희미해지며 순식간에 어스름 속으로 사라지는 순간, 그 순간들의 고요를 놓칠 수 없어 냉방이 종료되어 무더운 연구실을 떠나지 못한다. 연구실은 작은 예배당이 되고 나는 밀레의 '만종'에 나오는 농부들처럼 숙연해진다. 이 도시, 아니 지상 어디에서도 경험할 수 없는 경건함과 고요함이다.

한낮의 수선스러움이 사라진 밤의 연구실은 또 어떤가. 무거운 장막처럼 밤이 내려앉으면 비로소 나만의 시간이 시작되고, 나만의 세계가 펼쳐진다. 음악의 볼륨을 한껏 높일 수 있는 것도 이 시간의 연구실에서만 가능한 일이다. 글이 잘 안 풀리거나 집중이 안 될 때 얼터너티브 록이나 EDM 같은 음악을 벽이 울릴 정도로 크게 틀어놓아도 뭐라 할 사람 하나 없다. 글렌 굴드가 연주하는 바흐도 볼륨을 한껏 올리면 콘서트에 와 있는 듯 생생하다.

지금 이 순간도 그렇다. 본격적인 겨울방학이 시작되어 학교는 조용하기만 하다. 난방은 공식 근무시간에 맞춰 오후 5시에 종료됐고, 온종일 데워진 공기도 한두 시간 후면 식어 한기가 돌 것이다. 하지만 나는 연구실의 밤을 포기할 수 없다.

원고 교정을 보고 읽다 만 책의 책장을 넘긴다. 메일을 확인하고 내일 있을 회의 준비도 한다. 한결 거세진 겨울바람에 복도 쪽 창문이 덜컹거린다. 자판을 두드리는 손끝이 시려 전기스토브를 다리 쪽으로 바짝 당겨 놓는다. 발끝의 냉기는 시장에서 산 덧신으로 막아보고, 무릎의 냉기는 숄로 감싸고, 창틈으로 새어드는 찬바람은 코트에 목도리까지 두르면서 버틸 수 있을 때까지 버틴다. 그러다 생각한다. '이게 무슨 고생이람. 기숙사로 돌아가면 될 일을.'

종일 비어 있던 기숙사는 썰렁할 것이다. 가자마자 난방을 켜고, 커피포트에 물을 올려놓아야지. 혼자 살기 딱 좋은 크기의 기숙사는 금세 따뜻해질 것이다. 샤워를 마치고 나와 따뜻한 차를 만들어 책상 앞에 앉으면 집에 돌아왔다는 평온함이 들 것이다. 그래, 이제 그만 가자.

시계를 보니 어느새 11시다. 정말 돌아가야 할 시간이다.

3부 / 마흔, 자기 탐색하기 좋은 나이

이렇게 살아도 돼

제주 부모님 댁에 모처럼 온 가족이 모인 자리에서 중학교 3학년인 조카가 난데없이 이렇게 말했다.

"나도 커서 이모처럼 되고 싶어."

"왜 이모처럼 되고 싶어?"

"이모는 부자고, 그 돈을 혼자 다 써도 되고, 하고 싶은 것만 하고 살아도 되잖아."

'아, 부, 부자….'

여동생에게 자초지종을 들어보니, 새벽 비행기를 탄다고 투덜거리는 조카에게 "우린 가난해서 어쩔 수 없어"라고 말한

게 원인인 듯했다. 동생네는 가격이 싼 새벽 비행기를 타는데 내가 제값을 주고 오후 비행기를 탄 게 돈 걱정을 할 필요가 없기 때문이라고 받아들인 것이다. 처리해야 할 일이 있어 오후에 출발하는 비행기를 탄 것뿐이었는데 말이다.

초등학교에 다닐 때만 해도 조카는 "이모는 결혼 안 해? 안 심심해?"라며 나를 걱정해주곤 했는데, 이제는 나처럼 살고 싶다고 한다. 전혀 부자도 아니고, 또 하고 싶은 것만 하고 사는 것도 아니지만 남들과 다르게 사는 나를 이상하게 생각하는 대신 나 같은 어른이 되고 싶다고 하니 내심 기분이 좋긴 했다. 하지만 과연 내가?

내가 조카만 한 나이 때는 롤모델로 삼을 만한 성인 여자가 주변에 없었다. 엄마가 거의 유일했는데, 엄마의 삶은 너무나 고단해 보였다.

대신 나는 책이나 만화, 그리고 가끔은 영화에서 동경할 만한 사람들을 찾았다. 그들은 주로 남자였다. 모험을 떠나는 남자, 자기만의 삶을 개척하는 남자들. 실존했던 인물로는 슈바이처나 간디, 예수 같은 성자 아니면 성자에 준하는 남자들이 나를 사로잡았고, 그들처럼 살고 싶다고 생각했다. 그들의 삶은 고난으로 가득 찼지만 명예롭고 존경을 받는 삶이었다.

그런 남자들에 관한 이야기는 허구로도, 전기로도 많았다. 하지만 여자들은 달랐다. 실존 인물 중에 닮고 싶은 여성이 나이팅게일이나 퀴리 부인밖에 없었던 것은 다른 여성들이 별로 매력적이지 않아서가 아니라 그 당시 내가 접할 수 있었던 여성 위인들에 대한 이야기가 그것밖에 없었기 때문이다.

소설에서는 여자들을 많이 만날 수 있었다. '딱따구리 그레이트 북스'를 탐독하면서 나는 상상력이 풍부한 빨간 머리 앤과 『작은 아씨들』의 용감한 둘째 조, 엄격하지만 속 깊은 메어리 포핀스를 만났다. 하지만 그런 이야기 속에도 내가 롤모델로 삼고 싶은 여자아이는 드물었다. 앤의 친구 다이애나는 너무 소극적이었고, 조를 뺀 나머지 세 자매는 너무 나약했다. 자발적으로 모험을 찾아 떠나는 여자아이들은 찾아보기 힘들었고 모험을 떠나도 그들은 늘 누군가의 도움을 받았다. 『피터 팬』의 웬디는 너무 겁이 많았고, 삐삐는 모험심이 강했지만 모범생인 내가 받아들이기에는 너무 과격했고, 『비밀의 정원』의 메리는 너무 고집스러웠다.

청소년용 문학 전집을 읽기 시작하면서 만난 여주인공들도 마찬가지였다. 『주홍글씨』나 『테스』의 여주인공들은 언제나 죄 없이 희생당하는 인물로 등장했다. 욕망의 대상이 되어 열렬히 추앙받다가 배신당하고 버려지는.

도대체 왜 모든 비련의 주인공은 여자여야 하는 건지 지금 생각하면 이상한 일이다. '비련의 여주인공'은 들어봤어도 '비련의 남주인공'은 들어본 적 없다. 남주인공들은 주로 ('비련'이 아니라) '비극'의 ('남주인공'이 아니라) '주인공'이라고 부른다. '비극의 주인공'은 '비련의 주인공'과 그 뉘앙스가 전혀 다르다. '비극의 주인공'이라는 말에서 거대한 운명에 장렬히 맞서는 영웅적인 면모가 느껴진다면 '비련의 (여)주인공'이라는 말은 운명에 의해 농락당하는 피해자의 느낌이 강하다.

그나마 내가 매력을 느낀 여주인공이 있다면 『생의 한가운데』의 한나나 로체스터의 청혼을 받아들이기 이전의 제인 에어, 전혜린 같은 이들이었다. 그들도 대부분 파멸하거나 궁극적으로는 남자의 품에서 위안을 얻는다는 공통점이 있지만 적어도 자기의 운명을 스스로 지키고자 했다는 점에서는 다른 많은 여주인공과 달랐다. 그들이 서서히 몰락해가는 과정을 따라가며 마음 아파했지만 그러면서도 매혹되었던 것은 그녀들에게서 욕망의 대상이 아닌 욕망의 주체로서의 모습을 보았기 때문이리라.

그러나 이제는 그녀들을 몰락으로 몰고 갔던 고독과 가난, 광기는 그녀들이 세상의 보이지 않는 금기를 깬 데 따른 대가였다는 것을 안다. 그렇기 때문에 그녀들이 선택한 자멸이 사실은 자멸이 아니라는 것도.

그러고 보면 우리 엄마도 그런 여자들과 비슷한 부류의 사람인지도 모르겠다. 이 남자랑 결혼하면 마음껏 글을 쓸 수 있겠다는 이유 하나로 그럴듯한 혼처를 마다하고 가난뱅이 문학청년을 선택한 여자. 가진 거 하나 없는 8남매 장남의 아내로서의 삶을 숙명으로 받아들이고 살기에는 자아가 너무 강했고, 뒤늦게라도 자기 삶을 찾아 나서기에는 전통적인 가치관에 깊이 길들여진 여자. 평생 그 두 개의 욕망 사이 어디쯤 부유하며 고독했을 여자. 만약 그녀가 조금 다른 방식으로 살아가는 법을 알았더라면 그녀의 삶이 지금과는 조금 달랐을까?

그들에 비하면 나는 조카 말대로 부자인 데다가 하고 싶은 대로 하며 살 수 있는 어른이 맞는 것 같다. 다른 사람을 위해 내 꿈을 희생하지도 않고, 오로지 나를 위해 시간을 쓰고 돈을 쓸 수 있다. 원하기만 하면 어디든 훌쩍 떠날 수 있고, 터무니없이 낭만적인 삶을 살아볼 수도 있다. 이를테면, 나는 연구년 계획을 세우면서 스물다섯 살에 혈혈단신으로 독일로 유학을 떠나 고독과 가난 속에서 감수성의 칼날을 벼리던 전혜린처럼 유럽의 작은 도시에 다락방을 얻어 글을 쓰겠다는 꿈을 꾸었다. 그리고 똑같지는 않지만 실제로 그 비슷한 시간을 보내고 돌아왔다. 기숙사의 작은 방에서 무릎 담요를 덮고 덧버선을 신은 채 붉은 새벽하늘을 바라보며 글을 쓰는 지금의 삶도 내가 선택한 것이다.

하지만 이 모든 것이 내가 잘나서 가능한 게 아니라는 것을 잘 안다. 내가 우리 엄마보다 더 똑똑하거나 더 용감해서 이렇게 살 수 있는 게 아니다. 자기 안의 열정을 견딜 수 없어 자신을 불태워버린 여자들이 앞서 있었기 때문이며, 지금 이 순간에도 자기만의 방식으로 자신의 삶을 살아가는 여자들이 있기 때문이다. 나는 우리 엄마 같은 여자들의 유산 위에서, 나보다 한발 앞서 가고 있는 동시대 여자들의 뒷모습을 보며 멈칫멈칫 엉거주춤 따라가고 있을 뿐이다. 철없을 때 동경하던 매혹적인 삶과는 거리가 멀지만, 적어도 다른 누군가가 되려고 애쓰는 대신 온전한 나 자신으로 살아가고자 하는 지금의 내 모습이 열다섯 살 사춘기 소녀인 내 조카가 발견한 모습이 아닐지.

없을지도 몰라,
다음 생 따위

만약 다시 태어난다면? 다시 20대로 돌아간다면? 혹은 다시 진로를 선택한다면? 가정법으로 시작하는 이런 질문들은 지금의 삶을 가늠해보기에 좋은 질문이다. 스스로 이런 질문들을 던져보면 지금 삶에서 아쉬운 것, 진정으로 바라는 것이 무엇인지 알 수 있다.

나는 다시 태어나면 연극배우가 되고 싶다는 말을 입에 달고 산 적이 있다. 다시 태어나면 꼭 미니스커트를 입을 거라는 소원은 쑥스러워서 차마 말하지 못했지만 말이다.

연극에 관심을 두게 된 것은 지방의 한 대학에서 〈연극의 이해〉 수업을 맡게 되면서부터다. 연극은 내 전공이 아니다. 그렇지만 보따리장수 주제에 이것저것 가릴 형편이 안 됐다. 오라면 어디든 달려가고, 원한다면 연극 아니라 연기라도 가르쳐야 하는 게 시간강사의 운명이다. 다행히 연기를 강의해달라는 요청은 없었다.

내가 제대로 된 연극을 처음 본 건 대학교 1학년 때다. 당시 '썸 타던' 남자애랑 대학로에서 연극을 봤는데, 별로 유쾌한 경험이 아니었다. 무대에서 객석으로 직접 전해지는 배우의 호흡과 생생한 육성이 부담스러웠다. 사람들은 그게 연극의 매력이라고 하지만, 허구의 세계와 현실 세계 사이에 아무런 경계가 없다는 게 나는 영 불편했다. 두 세계가 금방이라도 뒤범벅이 될 것 같았다. 그 이후에도 연극을 볼 기회가 몇 번 더 있었지만, 연극에 대한 인상은 크게 달라지지 않았다.

하지만 어쩔 수 없었다. 나는 〈연극의 이해〉 수업을 맡았고, 학생들 앞에서는 연극이 전공인 양 유창하게 수업을 해야 했으니까. 책만 봐서는 충분하지 않았다. 어차피 교양 수업이기 때문에 이론보다는 연극에 대한 흥미를 일깨우는 게 중요했다. 그러자면 내가 먼저 연극의 매력을 알아야 했다. 시간이 날 때마다 연극을 보러 다니기 시작했다. 하루가 멀게 지방에 강의를 다니던 시절이라 시간도 빠듯하고, 주머니 사정도 여의치 않았지만 부지런히 대학로를 드나들었다.

그러는 사이 정말 연극에 푹 빠지고 말았다. 연극은 그야말로 모든 예술 가운데 꽃이었다. 눈으로 읽는 언어와 사람의 목소리로 듣는 언어는 그 맛이 달랐다. 조명과 무대장치는 또 어떤가. 그야말로 상상력의 3D화였다. 입체적인 인물들이 충돌하며 만들어내는 정교한 구조와 잘 짜인 스토리, 온몸에서 뿜어져 나오는 오욕칠정의 생생함까지 연극은 살아 움직이는 문학이며 아름다움의 복합체였다.

나도 연극을 해보고 싶다! 이번 생이 아니라면 다음 생에라도! 어느새 내 안에 강렬한 욕망이 자라나기 시작했다.

교수가 된 다음에도 연극에 대한 미련이 남아 있었다. 다시 태어나면 연극을 하고 싶다는 말을 여전히 입에 달고 다녔다.

그게 뭐 어려운 일이라고 다음 생까지 들먹이느냐고, 지금 당장 해보라고 부추긴 사람은 다름 아닌 동생이었다. 일반인을 대상으로 워크숍을 진행하고 공연을 올리는 프로그램이 많으니 찾아보라는 현실적인 조언도 곁들여서. 아니나 다를까, 있었다. 하지만 그런 프로그램은 언제나 그렇듯 서울에서 진행됐다. 서울까지 연극을 배우러 다닐 엄두가 나지 않았다. 결국 나는 그 후로도 한동안 더 '다음 생에는 꼭…' 운운하며 지냈다.

그런데 다음 생에서나 해볼까 싶었던 연극을 진짜로 할 수 있는 기회가 찾아왔다. 2015년의 마지막 날, 친구들과의 송구영신 모임에서였다. 오랜만에 만난 C가 갑자기 말했다.

"지영 씨, 연극하고 싶다고 했죠? 지금도 하고 싶어요?"

C는 현직 연극연출가다.

"네! 네! 네! 너무너무 하고 싶어요. 이번 생에 못 하면 다음 생에라도 할 거예요."

"그럼, 우리 한번 해볼래요?"

그냥 하는 말인 줄 알았다. 그 자리에 있던 다른 사람들이 재밌겠다고 맞장구를 친 것도 술에, 연말연시 기분에 취해서 그런 줄 알았다. 하지만 그로부터 6개월 후 C에게서 연락이 왔다. 진짜로 연극을 하자는 것이었다. 그래서 정말로 했다. 그것도 진짜 연출가와 현직 배우들과 함께. 소극장치고는 제법 규모가 큰 대학로의 진짜 공연장에서 진짜 조명을 받으며 진짜 관객들 앞에서 말이다.

이 연극을 위해 일주일에 세 번씩, 부산에서 기차를 타고 서울을 오르내렸다. 소설을 연극 대본으로 각색하고 대본을 외우고 몸짓을 배우며 부끄럽지만 초보 연기자로서 공연장에셨다. 엄마가 연극을 보러 제주에서 올라오셨고, 인천에 사는 동생 가족도 총출동했다. 동료 교수들이 오겠다는 건 극구 만류했다. 막이 내리고 내 생애 첫 연극이 끝났을 때, 한 번만 더 하면 진짜로 잘할 것 같은 아쉬움도 있었지만 그보다는 후련함과 뿌듯함이 더 컸다. 그리고 막상 해보니 별 게 아니라는 생각도 들었다.

연극이 별 게 아니라는 말이 아니다. 연극은 역시 위대한 예술임이 틀림없다. 감히 나 같은 사람이 깝죽거릴 분야가 아니다. 별 게 아니라는 말은 연극을 시도하는 일이 다음 생을 기약해야 할 정도로 하기 어려운 일이 아니었다는 말이다. 일단, 간절히 원한다. 그리고 나의 간절함을 널리 소문낸다. 그러면 누군가 나타나 기회를 준다. 죽이 되든 밥이 되든 그가 내민 손은 무조건 잡는다. 그리고 해보는 거다.

이게 가장 중요하다. 일단 해보는 것. 일단 해봐야 망하기도 하고 성공하기도 한다. 내가 그 일을 좋아하는지, 적성에 맞는지도 해봐야 알 수 있다. 그리고 해봐야 여한이 없다. 생각해보라. 만약 다음 생 같은 게 없다면 어쩔 뻔했을지. 그랬다면 연극을 못 해 한 맺힌 내 영혼이 구천을 떠돌았을 게 아닌가. 만약 다음 생이라는 게 있어서 다시 태어난다면 전생에 이루지 못한 소원을 기억하는 내생의 내가, 재능도 없으면서 연극을 하겠다고 인생을 걸었을지도 모른다. 내가 배우로서 소질이 없다는 것을 이번 생에 알게 되었으니 다행이지 그렇지 않았다면 다음 생은 폭삭 망했을 수도 있다. 그런 위험을 모면할 수 있었던 것도 일단 해보았기 때문이다.

이번 생에 연극을 해봄으로써 이생의 소원도 풀고, 구천을 떠돌 뻔한 영혼도 구하고, 혹시 있을지도 모를 내생도 구한 것이다.

연극이 끝나고 정확히 일주일 후 한국을 떠났다. 런던의 친구네에서 일주일간 머물고, 더블린에서 석 달 동안 어학연수를 하는 것 말고는 아무 계획도 없는 상태였다. 그렇게 나는 하마터면 다음 생을 기약했을지도 모를 또 다른 일들을 시작한 것이다.

p.s. 아, 미니스커트 입기는 어떻게 되었느냐고? 그런 일쯤이야 이제는 당장 할 수 있다. 그런데 지금은 별 흥미가 없다. 그래서 안 한다.

'하고 싶다, 일단 해본다'의 공식

내 나이 마흔둘에 생애 처음이자 마지막 연극 공연을 마치고 깨달은 것은 내게는 배우로서의 재능이 없다는 사실, 그리고 간절히 원하면 어떻게든 기회가 생긴다는 사실이다. 그러고 나서 떠난 10개월간의 여행에서 깨달은 것은, 우주는 광대하고 나는 그 우주에서 먼지보다 보잘것없는 존재라는 사실이다. 언제 사라져도 이상할 것 하나 없는 우연과 찰나의 존재.

하여, 그 이후 나는 '다음 생'을 기약하는 일 따위는 하지 않는다. 하고 싶으면, 일단 해본다. 그렇게 해서 하게 된 일이 많다.

먼저 독립출판물 제작하기.

연구년을 마치고 돌아온 지 6개월이 지났을 때, 나는 생애 첫 번째 그림책을 출간했다. 내가 이야기를 만들어 쓰고 직접 그림을 그려서 편집하고, 표지를 디자인하고, 종이를 고르고, 인쇄소에 맡기고, 그렇게 나온 책을 독립서점에 납품하는 일까지 오롯이 내 손으로 했다.

당연히 한 번도 해본 적 없는 일이었다. 마침 얼마 전부터 독립출판이 뜨기 시작해 SNS에서 심심치 않게 관련 소식을 접하곤 했다. 나도 할 수 있을 것 같았지만 계기도, 마땅한 콘텐츠도 없었다. 그러다 10개월간 혼자 세상을 떠돌다 막 돌아와 감성 충만, 자신감 충만, 허파에 바람 충만한 상태가 되어 있던 나는 일단 시도해보기로 했다. 열심히 인터넷을 뒤져 보니, 서울의 한 독립서점에서 '나만의 책 만들기' 프로그램을 진행하고 있었다.

금요일 7시에 시작하는 2시간짜리 강좌를 듣기 위해 4주간 서울을 오르내렸다. 학기 중이었지만 망설이지 않았다. 내게는 이미 연극 연습을 위해 일주일에 두세 번씩 밤 기차를 타고 서울을 오르내린 경험이 있었다. 연극 연습을 핑계로 비둘기호를 타고 혜화동을 드나들며 여행의 프롤로그를 준비했던 것처럼, 이번에는 여행의 기억을 기록으로 남긴다는 핑계로 해방촌을 드나들며 여행의 에필로그를 준비했다. 워크숍 시작 시간보다 조금 일찍 도착해 남산 길을 걷고 해방촌을 탐험하는 즐거움은 덤이었다.

수강생은 나까지 포함해서 일곱 명이었다. 모두 나보다 어린 여성들이었다. 미술이나 디자인을 전공하는 학생도 있었고, 직장인과 주부도 있었다. 여행을 다녀와 책을 내고 싶어 하는 사람, 자신의 그림을 작품집으로 묶고 싶어 하는 사람, 소소한 낙서와 불면의 기록을 묶고 싶어 하는 사람도 있었다.

다들 아이디어도 참신하고 재능도 뛰어나 보였다. 하지만 평소의 나답지 않게 나는 주눅이 들거나 위축되지 않았다. 그때 나는 우리가 낯선 나라에서 만난 여행자들 같다고 생각했다. 각자 다른 세계에 속해 있다가 어느 순간 어깨를 나란히 하고 서서 사막의 석양을, 고흐의 그림을 바라보는 여행자들 말이다. 자연과 인간이 만든 위대한 걸작 앞에 서면 이제까지 속해 있던 삶의 경계들이 아무것도 아닌 것이 되며 하나로 연결되어 있다고 느끼는 것처럼, 우리 역시 각자의 사연으로 책을 만들겠다는 목표로 연결되어 있다고 나는 느꼈다.

내가 만든 그림책은 사하라 사막이 배경이었다.

나는 오래전부터 사막에 대한 로망을 갖고 있었다. 사막뿐 아니라 고원이나 드넓은 초원, 깎아지른 듯 험준한 산악에도 끌렸다. TV에서 이처럼 웅장한 자연만 보면 가슴이 벅차오르고 숨통이 트이는 기분이 들었다. 나를 온전히 내던져도 좋을 것 같은 느낌, 방기(放棄)의 자유로움이라고나 할까.

그런 사막을 걸어서 5분이면 갈 수 있는 마을에서 나는 석 달을 보냈다. 그곳의 자연은 사진으로는 온전히 담아낼 수 없었다. 수시로 변하는 구름의 형태와 사막의 빛깔은 휴대폰 카메라로도 포착할 수 있었지만, 어둠 속에서 빛나는 무수한 별과 그 별빛 아래 굽이치며 뻗어가는 사막의 능선, 그리고 그 위에 경건하게 무릎 꿇은, 그러나 사실은 고단한 몸을 쉬고 있는 낙타의 실루엣 같은 것은 담아낼 수 없었다. 내 장비가 고작 휴대폰 카메라이고, 사진 실력이 형편없기 때문만은 아니었을 것이다. 어쩌면 진정 위대한 자연은 카메라의 프레임 안에 피사체로 온전히 담을 수 없는 게 아닐까?

그런 만큼 표현하고 싶은 욕구는 더 커졌다. 무엇보다 눈에 보이지 않는 것, 이를테면 눈앞의 풍경들이 불러일으키는 감정이나 그로 인해 떠오른, 한 번도 본 적 없고 실재하는지도 알 수 없는 상상의 풍경들, 그리고 머릿속에서 저절로 자라나는 이야기들을 표현하고 싶었다.

그림을 그리고 스토리를 만들기 시작했다. 물론 그림을 제대로 배워본 적은 없었다. 미술도구랄 것도 없었다. 그러나 해가 너무 뜨거워 밖에 돌아다니기 어려운 시간에는 숙소의 중정(中庭) 테이블을 차지하고 앉아 손바닥만 한 수첩에, 갖고 있던 필기구를 총동원해서 그림을 그렸다. 찍어둔 사진을 보며, 때로는 인터넷에서 검색한 사진들을 보며 머릿속의 장면들을 종이 위에 어떻게든 옮겨 그리기 위해 유튜브로 3점 투시까지 공부했다. 그리고 마침내 모로코를 떠날 때 나는 한 편의 그림책을 갖게 되었다. 나의 첫 번째 그림책이자 독립출판물이 된 『하산과 샌드피쉬』다.

『하산과 샌드피쉬』가 나온 해 여름에는 정식 출판사를 통해 제대로 된 책도 냈다. 『우리는 서로의 이름을 부르며 자기의 안부를 물었다』라는 제목의 여행 서간집이다.

연구년을 마치고 돌아온 지 보름밖에 지나지 않은 어느 날, 나는 내 오랜 지기인 M에게 불쑥 메일을 보내 함께 책을 내보자고 제안했다. M은 나보다 두 달 먼저 한국을 떠나 스웨덴의 스톡홀름에서 체류하다가 나보다 넉 달 먼저 귀국해 있던 참이었다. 같은 기간 서로 다른 이국의 도시들에 머물면서 우리가 주고받은 편지를 묶어보자는 내 뜬금없는 제안에 M은 기꺼이 응답했고, 그렇게 우리는 주고받은 편지를 함께 정리하고, 사진을 고르고, 퇴고와 교정을 거쳐 머리말과 에필로그까지 함께 완성했다. 그 과정은 또 하나의 여행이었다. 아름답지만 먹먹하고 외로웠던 첫 번째 여행과 달리 함께 무엇을 만들어가는 따뜻함으로 충만한 여행.

'하고 싶다, 일단 해 본다'라는 공식을 적용한 일은 그뿐만이 아니다. 언젠가 낼 나의 두 번째 그림책을 위해 정식으로 그림을 배우기 시작했다. 방학 동안만, 취미 미술반에서 고작 일주일에 4시간씩 배우는 거지만 여행의 기억을 떠올리며 시간이 날 때마다 혼자서 틈틈이 그림을 끄적거리고 있다. 언젠가 다시 사막에 간다면 짧은 영화를 찍어보겠다는 생각으로 아주 간단한 영상 편집 강좌도 들었다. 대학원에서 함께 공부하던 동학들과는 한 달에 한 번 책을 읽고 이야기를 나누는 모임도 시작해서 벌써 1년째 이어가고 있다.

Show must go on이라고 했나? 마흔이 넘어도 탐색은 계속된다. 마흔은, 성패를 신경 쓸 것도, 잘하고 못하고를 신경 쓸 것도 없어 오히려 탐색하기 좋은 나이다. 다음 생이란 게 있을지 없을지 나는 모르겠다. 그러나 상관없다. '다시 태어나면'이라는 말로 시작할 만큼 간절한 일이라면 어떻게 해서든 시작할 기회를 호시탐탐 노리고 있기 때문이다. 물론 그렇게 해도 안 되는 일이 있겠지만 그럴 때는 이 말 한마디 하고 다음 단계로 넘어가면 된다.

"안 되면, 말고."

사는 데까지는
잘 살기

마흔이 넘은 어느 해, 연말정산을 하다 깜짝 놀랐다. 연금과 보험의 지출액 때문이었다. 평소에 나는 연말정산 서류를 꼼꼼히 살펴보지 않는다. 원래 서류 읽는 것을 싫어하기도 하지만, 연말정산 서류는 특히 읽어볼 필요가 없다고 여겼다. 부양가족이 없으니 공제받을 것도 없기 때문이다. 그런데 그해에는 어쩐 일인지 제법 꼼꼼히 살펴보았나 보다.

'이야, 윤지영, 오래 살 생각 없다더니 오래오래 잘 먹고 잘 살고 싶었나 보네.'

내가 든 각종 보험과 연금저축 리스트가 길어도 너무 길었다.

암보험만 세 개나 됐고, 치아 보험에 연금보험, 심지어 종신보험까지 들어 있었다.

내 힘으로 처음 돈을 벌기 시작한 초짜 강사 시절, 텔레마케터의 간절하고 긴박한 말을 차마 끊을 수 없어 들고, 보험판매원 일을 갓 시작한 고등학교 동창의 부탁으로 들고, 우리 학교에 부임한 후 연구실로 찾아오는 보험설계사의 권유로 아무 생각 없이, 권하는 대로, 따지지 않고 또 들다 보니 가입한 보험 리스트가 이렇게나 길어진 것이다. 보험으로 나가는 돈만 수입의 15% 가까이 됐다. 인터넷을 찾아보니 월급 생활자의 평균을 넘지 않는다는 말에 안심하긴 했지만 그래도 어처구니가 없는 건 마찬가지였다.

뭐가 그렇게 당혹스럽고 어처구니가 없었는가 하면, 나는 평소에 보험을 사기에 가깝다고 생각하는 사람이었기 때문이다. 연금성 보험들은 퇴직 후 월급처럼 돌려받을 수 있다지만 다른 보험은 아프거나 사고를 당하지 않으면 납입한 금액을 그냥 날리게 된다. 요컨대, 안 아프면 손해, 아프면 다행이라는 '요상한' 역설이 보험의 핵심인 것이다.

골절이나 가벼운 질병 때문에 보험 혜택을 받게 된다면 다행이라고 말할 수 있을지 모르겠다. 하지만 암이나 치매에 걸려서 보험 혜택을 받는다면 그런 걸 다행이라고 할 수 있을까? 보험이 현재를 저당 잡아 미래를 연장하는 것이라면, 완치는 고사하고 비인간적인 고통으로 생을 이어가다 결국 죽음에 이르는 미래 때문에 현재의 자산과 시간을 묶어두는 것이 무슨 의미가 있을까? 자본주의가 팔다 팔다 팔 게 없으니 제 것도 아닌 남의 미래까지 파는구나. 그런 생각을 하던 내가 보험을 그렇게 많이 든 것이다.

하지만 내가 당황했던 진짜 이유는 따로 있다. 연말정산서를 꼼꼼히 들여다본 그 무렵 나는 삶과 죽음의 경계가 너무나 희미해서 당장 그 경계가 사라져도 놀랍지 않다고 생각하고 있었다. 가끔은 그 경계를 넘는 상상을 아주 구체적으로 하기도 했다. 친한 동료들과 노후의 삶과 죽음에 관해 이야기할 때도 죽는 게 별일인가 싶은 생각에 우리 중 가장 나이 많은 L이 자기 힘으로 몸을 통제할 수 없는 때가 오면 스스로 삶을 정리하고 싶다고 하는 말을 들으면서 이런 생각을 했다.

'자기 삶을 정리하는 것도 기운이 있어야 가능하지. 생사를 자신의 의지로 제어할 수 있다는 생각은 얼마나 오만한가. 태어나는 것이 내 뜻이 아닌 것처럼 가는 것도 내 뜻대로 되는 건 아닌데….'

그런 주제에 80세까지 보장된다는 보험을 내 손으로 줄줄이 들어놓은 것을 확인하니, 내 자식이 나 모르는 게 사고치고 다녔다는 사실을 알았을 때 느낄까 싶은 심정이 되었다.

그해 연말정산 서류에 적힌 길고 긴 보험 리스트를 보고 난 후 나는 모든 것을 겸허히 받아들이기로 했다. 보험은 자본주의의 음흉한 상술이라는 잘난 척하는 생각 밑바닥에는 늙고 병들었을 때 초라해질 것이 두려워 돈의 힘으로라도 그것을 피하고 싶어 하는 마음이 있다는 사실을. 무엇 때문에 살아야 하는지 잘 모르겠다는 생각에 시달리면서도 그만 살겠다는 결심을 할 수 없었던 것은 죽음에 대한 두려움 때문이라는 사실을. 살고 싶고, 잘 살고 싶다는 욕구는 부끄러워하거나 섣불리 조롱할 일이 아니라는 사실을.

내가 할 수 있는 일이라고는 이 분명하고도 생생한 사실들을 받아들이는 일뿐이다. 노후와 죽음에 대한 두려움과 그것을 회피하고 싶은 마음까지도, 사는 데까지는 잘 살아 보고 싶은 마음까지도.

이 나이에 통금이라니

기숙사 경비실의 불이 꺼져 있다. 기숙사 곳곳을 비추는 CCTV의 화면만 푸르스름한 불빛을 내뿜고 있다.

기숙사의 공식적인 통금 시간은 12시다. 12시가 넘으면 출입문이 잠기고, 경비 아저씨께 문을 열어달라고 따로 부탁해야 한다. 학생들의 경우는 벌점을 받는다. 게스트 룸에 머무는 교직원들에게도 적용되는 규칙은 아니지만 늦어도 1시는 넘기지 않는 게 좋다. 1시면 경비 아저씨가 잠자리에 들기 때문이다.

얼굴을 유리창에 바짝 가져다 대고 안을 살피며 소심하게 경비실 유리창을 "똑똑" 두드려 본다. 경비 아저씨는 기척이 없다. 벌써 잠이 깊이 드셨나 보다.

지금 시각 1시 20분. 오늘도 너무 신나게 이야기를 하다 보니 시간이 이렇게 흐른 걸 몰랐다. 혹시나 하는 마음으로 서둘러 왔는데도 늦고 말았다. 하는 수 없다. 비상조치를 취하는 수밖에.

이 나이에 통금이라니. 기숙사에 살면서 유일하게 안 좋은 점이다.

자주는 아니지만 한번 만났다 하면 기본이 두세 시, 일 년에 한두 번은 밤새 이야기를 나누는 동료 교수들이 있다. 학생들처럼 개강했다고, 중간고사라고, 종강했다고 명분을 만들어 작정하고 만나면 우리는 온갖 주제를 섭렵하며 이야기꽃을 피운다. 개인적인 이야기에서부터 드라마 이야기까지, 학생에 대한 고민에서부터 홍콩 사태와 4차 산업혁명에 이르기까지, 깊이는 모르겠지만 스케일만큼은 남부럽지 않게 떠든다. 그러다 보면 밤을 새우는 건 일도 아니다.

밤새 이야기한다는 건 비유적인 표현이 아니다. 진짜 밤을 새운다. 때로는 누군가의 연구실에서, 때로는 24시간 영업하는 카페에서 술 한 방울 없이 오직 차와 간단한 디저트로, 저녁 먹은 게 진작 소화되어 출출한 배를 달래가며 열렬하게 이야기

한다.

기숙사에 살기 전에는 주로 예전 우리 집 근처, 광안리에서 만났다. 이야기에 몰입하다 정신을 차려보니 어느새 어둠이 걷히고 카페의 커다란 창 너머에 시퍼런 새벽 바다가 뒤척이는 걸 본 적도 있다. 그러면 우리는 마법에서 깨어난 것처럼 누군가는 서둘러 집으로 가고, 남은 사람들은 밀려드는 허기를 달래러 해장국집으로 향하곤 했다. 술도 안 마셨으면서 술꾼들 틈에 끼어 술꾼 못지않게 시원하게 해장을 하고 나서 속이 든든해진 우리는 새벽의 바닷가를 걸으며 못다 한 이야기를 했다.

새벽 1시가 넘은 교정에는 당연히 아무도 없다. 어둠보다 더 짙은 정적을 가로질러 연구실로 향한다. 캐비닛에서 침낭을 꺼내 연구실의 6인용 테이블 위에 눕는다. 여행 때 가지고 가려고 산 침낭을 정작 여행에는 가져가지 않고 이런 식으로 쓰게 될 줄 몰랐지만, 덕분에 그럭저럭 하룻밤을 난다. 겨울이 아니라 가능한 일이다.

몇 번 이런 일을 겪고 나서 아예 간이침대를 들여놓을까 하는 생각도 했다. 하지만 단념했다. 우리의 체력이 예전 같지 않으니, 이런 일은 점점 줄어들 것이기 때문이다. 나의 기숙사

통금 시간 덕분에 자리가 일찍(?) 파하는 걸 다들 은근히 다행으로 여기는 것 같기도 하다.

이런 게 인생이다. 욕망과 그 욕망을 실현해줄 수단이 언제나 반비례하는 것. 이제 누구도 통금 시간에 얽매이지 않지만 체력이 안 된다.

예전에는 반대였다. 놀이터에서 흙투성이가 되도록 뛰어놀아도, 소주병을 세며 새벽까지 술을 마셔도 끄떡없지만, 그땐 그럴 수 없었다. 이러저러한 이유로 저마다의 통금 규칙이 있었다. 내 경우에는 엄마가 퇴근하고 돌아오실 때까지 설거지와 청소를 해놓아야 했고, 이모가 걱정하실까 봐 늦어도 12시 전에는 귀가해야 했다. 더 놀고 싶고, 더 이야기하고 싶고, 더 마시고 싶어도 그만 자리에서 일어나야 할 때의 아쉬움과 속상함이라니.

이제는 따로 통금 시간을 정해두지 않아도 우리 몸이, 우리 마음이 이제 그만하면 됐다고 말한다. 밤새 술을 마시고, 오락을 하고, 책을 읽고, 친구와 술을 마시고, 클럽에 가서 춤을 춰도 뭐라고 할 사람이 아무도 없지만 이제 그럴 수 없다. 그러고 보면 내일이 오지 않을 것처럼 놀 수 있는 것도 한때다. 그러니 마음이 동할 때, 몸이 허락할 때 마음껏 놀아야 한다. 진짜 통금은 내 몸과 마음이 정해준다.

아줌마의
힘

(※아래 대화는 부산 사투리 억양을 떠올리며 읽을 것)

A: 눈 뜨면 콜라겐 먹고, 유산균 먹고, 노니 먹고. 바쁘다.

B: 어디 아프나?

A: 아파서 먹는 게 아니라 아프기 전에 먹는 거지. 영양제처럼…. 아프고 먹으면 효과 없다.

C: 김태희도 먹는단다.

D: 콜라겐은 머리카락, 관절, 손톱, 연골에 다 좋다. 나이가 들면 콜라겐이 계속 빠진다.

엿들으려고 했던 것은 아니다. 아줌마 네 명이 우르르 몰려 들어와 옆 테이블에 앉을 때만 해도 이어폰을 끼고서라도 하던 작업을 마저 하려고 했다. 코앞에 닥친 논문 마감 때문에 일 분 일 초가 아까운 터였다.

평일 저녁 9시의 카페에서는 좀처럼 보기 힘든 손님들이었다. 대화의 내용으로 보나 차림새로 보나 50대를 넘긴 아줌마들이었다. 보통 그 나이의 여자들이라면 가족의 저녁을 차려 주고 뒷정리를 하고 있을 시각이었다. 갱년기의 반란을 일으켜 가사 파업을 선언하고 단체로 가출이라도 한 것일까?

주섬주섬 이어폰을 찾아 꽂고 볼륨을 높이려는데, 웬걸 대화가 생각보다 재미있다. 나도 모르게 빠져들었다. 결국 이어폰으로 음악을 듣는 척하며 이들의 대화에 귀를 기울였다. 아무것도 안 하고 있으면 의심을 살 수 있으니 글을 쓰는 척하느라 그들의 대화 내용을 열심히 타이핑하면서 말이다.

주문한 음료를 받자마자 대화는 본격적으로 달리기 시작했다. 내가 들어본, 그리고 들어보지 못한 온갖 건강보조식품의 이름이 주거니 받거니 하며 줄줄 이어졌다. 콜라겐에서 초록홍합과 유산균을 거쳐, 석류와 스쿠알렌까지 나오더니 이야기는 갑자기 박진영으로 향했다. 맞다. 망사 민소매 티를 입고 우리 세대의 섹시 댄스를 선도하던 박진영 말이다. 그 박진영이 이 맥락에서 왜 등장했느냐.

"박진영 못 봤나. 가가 절대 허투루 뭘 먹는 애가 아니거든. 정말 먹어야 하는 거만 먹는 애거든. 그런데 개가 유산균, 노니, 그리고 스크루비난가 뭔가 그거도 먹는단다."(여기서 '스크루비나'란 상어 간유, 그러니까 상어의 간과 내장에서 추출한 기름으로 만든 알약을 말하는 것 같다. 찾아보니 비타민 A가 풍부해서 신진대사 촉진, 강력한 살균 작용, 성인병 예방에 도움이 된다고 한다.)

나도 TV 예능 프로에서 박진영이 자기 관리를 얼마나 철저히 하는지 들은 적이 있다. 아침에 일어나자마자 몸에 좋은 각종 영양제를 챙겨 먹고 운동을 하고 식단을 철저하게 관리하는 등 (보기와는 다르게) 금욕적이고 절제하는 생활을 한다는 내용이었다. 그러니까 아줌마들의 요점은 박진영 같은 유명인이, 그것도 자기 관리에 철저한 연예인이 먹는 거라면 정말 효과가 있다는 증거니 꼭 챙겨 먹어야 한다는 말씀 되시겠다.(그나저나 박진영은 자신이 이렇게 갱년기 아줌마들의 대화에 등장한다는 사실을 상상이나 할까?)

아줌마들 입에서 쉼 없이 쏟아지는 정보는 내 주변에서는 좀처럼 들을 수 없는 고급 정보였다. 우리 엄마를 빼고는 이런 이야기를 이처럼 열성적으로 하는 사람을 나는 본 적이 없다.

눈이 뻑뻑해지고 피로가 좀체 풀리지 않거나 머리카락이 많이 빠진다 싶어 동료 교수들에게 물어보면 다들 그냥 종합 비타민이나 홍삼 엑기스 정도만 챙겨 먹는다고 대답했다. 그때마다 조금 의심을 했던 건 사실이다. 내가 알기로는 운동도 안 하는 것 같은데, 건강에 좋다는 특별한 식품들을 따로 챙겨 먹지도 않으면서 어떻게 그렇게 피부도 좋고, 머리에 윤기도 나는 건지 의아했다. '배운 여자'들이라 TV 홈쇼핑의 혹세무민하는 상술에 넘어갔다는 걸 숨기고 싶었던 걸까? 아니면 젊음의 비밀을 혼자만 간직하고 싶은 건가?

어쨌거나 그렇게 한바탕 건강식품에 대한 정보를 쏟아내더니 아줌마들의 대화는 자연스럽게 다음 주제로 넘어갔다.

C: 너는 아픈 데 없지?

A: 아닐 걸, 얘는 아플 수밖에 없을걸.

B: 왜?

A: 혼자 사니까.

C: 아무래도 결혼한 사람보다는 아플 수밖에 없지.

B: 그게 왜?

A: 왜긴 왜야, 신랑이 없으니까 그렇지.

B: 그건 상관없다. 나는 우리 애 아빠가 있어도 소용없다. 있어도 안 된다. 계속 안 된다. 젊을 때는 술 먹는다고 안 되고, 나이 들어서는 힘들어서 안 되고, 이제는 살이 찌니까 안 되고.

(일동: 깔깔깔)

C: 난 원래 별로 좋아하지도 않는데, 언제쯤이면 소 닭 보듯 할란가?

A: 느그 신랑은 억수로 좋아하나 보다.

C: 우리 신랑은 소 닭 보듯 한다는 게 아직도 무슨 말인가 모른단다.

나도 그녀들을 따라 터져 나오려는 웃음을 간신히 참았다. 역시, 아줌마들이란 대단하구나. 이런 내용을 이런 공공장소에서 거침없이, 이렇게 맛깔스럽게 이야기하다니. 여기에는 어떤 저속함이나 천박함도 없다. 고상한 척 위장하는 속물의 허위도 없다. 성과 결혼 혹은 비혼, 그리고 건강이라는 만인 공통의 관심사를 한데 엮으며 금기와 욕망의 경계를 아슬아슬 넘나드는 저 자유로움이라니! 게다가 그녀들은 웃음을 위해 타인을 제물로 삼지 않는다. 대신 자신의 실패와 한계를 희화화한다. 이 고도의 윤리적 태도는 자기 삶을 성찰할 수 있는 이들만이 도달할 수 있는 경지다.

뭐, 이런 시답지 않은 생각을 하는 와중에 머릿속에는 궁금한 것들이 떠올랐다. 정말로 갱년기 부인을 둔 나이대의 남편들이 그렇게 왕성한 성생활을 할 수 있는 것인가? 또 실제로 성생활이 여성의 갱년기에 도움이 되는 것인가? 아직 갱년기도 아니고 부부간의 성생활에 대해서 아는 게 없는 나로서는 궁금한 게 많았다. 이분들에게 물어보면 뭐든 다 이야기해줄 것 같았지만 꾹 참았다.

소위 '배운 여자들'인 나와 내 지인들이라면 이런 식의 대화는 도저히 불가능했을 것이다. 물론 우리도 각자의 성적 판타지나 파트너에 대한 불만 같은 것에 관해 이야기하기도 한다. 하지만 우리의 대화는 전혀 다른 식으로 흘러간다. 여기에 유머는 없다. 사례 제시에 이어 곧장 분석이 이어지고 이런 분석은 나는 누구인가, 그리고 인간 존재의 본질은 무엇인가 같은 존재론적 질문으로 수렴된다.

이를테면, 이런 식이다. 성생활은 관계에 있어 얼마나 중요한 비중을 차지하는가? 개인의 성적 판타지와 가부장적 남성중심주의의 관계는 무엇인가? 그 외에도 젠더와 가족 제도의 담론적 속성, 육체와 정신의 상관성, 정치와 이데올로기가 개인의 본성에 미치는 영향, 인공지능 시대의 성생활 등등, 그야말로 전공과 경험을 아우르는 매우 지적이고 흥미진진한, 그러나 관념적이기만 한 대화가 이어진다.

문득 이 아줌마들이 우리의 대화를 들으면 무슨 생각을 할까 궁금하다.

그녀들의 대화는 기혼 여성들의 대화가 으레 그러하듯 결국 자녀 이야기로 이어졌다. (엿)듣자 하니 아직 결혼한 자식은 없는 듯했지만 노년에 손주들을 떠맡지 않을 비법을 서로 전수하고 있다. 물론 그 대화의 근저에는 점점 살기 팍팍해지는 세상에서 고군분투하는 자식들에 대한 안타까움이 깔려 있다.

고작 40여 분만이다. 중년 이후 공통의 관심사인 '건강'의 대륙에 착륙해 숨 쉴 틈도 안 주고 초토화하더니, 곧장 인접해 있는 갱년기 부부의 '성생활'이라는 대륙으로 건너가 재치 있는 몇 마디 말로 그 금기의 땅을 접수하고는 매혹과 두려움의 땅, '자식'을 어떻게 다루어야 할지에 대한 전략 회의를 하기까지 걸린 시간이. 이 얼마나 아름답고도 경제적인 대화의 흐름인지. 권투계에 무하마드 알리가 있다면 인생계에는 갱년기 아줌마들이 있다고 할 수 있지 않을까?

그들은 떠날 때도 벌처럼 가벼웠다. 삶이라는 무겁고 고단한 숙제에 얽힌 주제들을 산산이 부숴 가루로 만들어 허공에 뿌려 놓고는 갑자기 일어나서 나가버렸다. 어떠한 조짐도 없었다. 그들은 아마도 다시 치열한 삶의 현장으로 돌아갔을 것이다. 결코 녹녹지 않았을, 그리고 앞으로도 녹녹지 않을 삶 속으로 말이다.

카페는 언제 그랬냐는 듯 다시 조용해졌고 내 노트북의 하얀 화면에는 목적 없이 받아친 그들의 말만 수북하게 쌓여 있었다.

& 엄마의 택배 상자

내가 기숙사에 살고부터 엄마는 반찬거리를 보내지 않는다.
대신 몸에 좋다는 온갖 식품을 보낸다.
오늘 받은 상자에는 브라질너트, 귀리가루, 죽염, 말린 대추와 구기자, 우엉차, 건조 과일과 채소, 레몬 엑기스와 천연 샴푸가 들어 있다.
전부 직접 만드셨단다. 중년 여자에게 좋다는 것들.
중년을 미리 살아본 여자가 한창 중년을 살고 있는 여자에게 보내는 구호 물품 같다.

사치의
기분

언제부터인지 자기 돌봄이 시대의 큰 흐름이 되었다. SNS에는 가족이나 애인에게 시간과 돈을 쓰고 나서 억울해하지 말고 자신에게 투자하는 게 남는 거라는 조언들이 넘쳐나고 그에 대한 경험을 공유하는 글도 많다.

과업을 마치고 명품백을 사거나 여행을 가는 셀프 보상형에서부터, 취침 전 향 피우기, 기상 후 차 마시기 같은 특별한 의식을 만드는 일상 리추얼형, 맛집 탐방, 피부 관리, 마사지처럼 몸을 호강시키며 만족을 얻는 쾌감 자극형, 예쁜 다이어리나 필기감 좋은 필기도구, 푹신한 실내화 장만 같이 적은 돈을 들여 생활 속에서 지속적으로 만족을 얻는 생활 밀착형, 외국어, 댄스, 운동, 서예 등을 배움으로써 자기 가치를 높이는 역량 강화형 등. 이런 것들은 주로 비혼 여자들 사이에 공유되는 팁이라는 공통점과 소비를 통해 만족을 얻는 방법이라는 공통점이 있다. 소비가 미덕인 시대임을, 취향과 소비는 뗄 수 없는 것임을 잘 보여주는 현상이자 여성의 경제력이 부쩍 성장했음을 보여주는 징후이기도 하다.

이 가운데는 나도 이미 하고 있는 것들이 있다. 운동이나 향 피우기가 그렇다. 하지만 대부분은 나와 잘 맞지 않는다. 나는 명품에 대해 전혀 모르고, 줄 서서 먹는 소위 맛집의 음식 맛을 감별할 정도로 예민한 미각을 갖고 있지도 않다. 또한 나는 피부 관리도, 두피 관리도 받지 않으며, 미장원에도 연구년을 다녀온 후로부터는 두 번밖에 안 갔다.(그렇다고 머리를 계속 기르기만 하는 건 아니고 내가 직접 자른다.) 화장도 5분이면 끝나기 때문에 도대체 무엇을 얼마나 어떻게 해야 화장하는데 30분씩 걸리는지 짐작도 못 한다. 10개월간의 여행을 다녀오긴 했지만 여전히 여행은 큰 결심이 필요한 일이다. 이 모든 일이 내게는 스트레스를 푸는 수단이 아니라 스트레스를 받는 일이다.

구두쇠라거나 무슨 대단한 소비 철학이 있어서는 아니다. 그보다는 돈 쓰는 법을 잘 모르기 때문이다. 돈을 제대로 쓰는 것도 배워야 할 수 있다. 그리고 뭐든 직접 해보는 것만 한 배움은 없다. 나는 꽤 늦게까지 돈을 써볼 경제적인 여유도 시간적인 여유도 없었다. 다른 친구들이 취업해서 돈벌이할 때, 비싼 등록금을 내며 공부했고, 직장 다니는 친구들이 월급을 모아 동남아 리조트로 휴가를 갈 때, 방학 동안의 생활비를 벌기 위해 연구 계획서를 써야 했다. 강의하는 학교가 다 달라 일주일 내내 같은 외출복을 입어도 된다는 핑계로 그럴듯한 옷을 사거나 나를 가꾸는 연습도 게을리했다. 그러니 본격적인 직장인이 되고 나서 입문한 소비의 세계는 어리둥절하고 낯설었다.

이를테면, 구두가 다 같은 구두가 아니라는 것을 알게 되었을 때, 나는 완전히 새로운 세계를 보고야 말았다.

그랬다. 구두만 해도 통굽, 가는 굽, 5cm 굽, 10cm 굽, 아예 굽이 없는 것, 앞이 트인 것, 막힌 것, 끈이 달린 것 등등, 구두만으로 하나의 세계를 이룰 만큼 종류가 많았다. 구두에 저마다 고유한 이름이 있다는 것도 놀라웠지만 무엇보다 놀라웠던 건 사람들이 옷에 따라 적절한 구두를 골라 신는다는 사실이었다. 검은색 구두, 운동화, 슬리퍼, 이 세 개의 신발로 사계절을 나던 내게 그건 금시초문의 세계였다. 나는 물건은 꼭 필요한 것을, 하나씩만 사서, 다 쓰거나 잃어버릴 때까지 쓰는 거라고 알고 있었다.

알레르기성 비염 때문에 스프레이를 상비해야 하는데 자주 잊어버린다는 투덜거림에, 비싸지도 않은 거 여러 개 사서 하나는 집에, 하나는 연구실에, 하나는 가방에 넣고 다니라는 조언은 농담이 아니라 패러다임의 전환을 가져올 만큼 놀라운 것이었다. 아, 그렇게 할 수도 있는 거구나.

다달이 월급을 받게 되었을 때, 나는 비로소 돈이 참으로 좋다는 것을 알게 되었다. 비록 대출금 왕창 낀 월세지만 내 이름으로 된 아파트가 생겼고, 역시 할부지만 내 차를 장만했다. 무엇보다 수입 없이 방학을 견디는 생활을 더는 하지 않아도 됐고, 통장이 빌까 걱정할 일도 없어졌다.

하지만 정작 내가 돈이 좋다고 느낀 것은 아주 시시한 것에 돈을 쓸 때다. 하나에 3천 원도 넘는 3mm짜리 하이테크 펜을 색깔별로 사면서 돈 쓰는 맛을 느꼈다면 알 만하지 않은가. A4 용지를 박스째 들여놓는다든지, 읽고 싶은 책을 마음껏 살 수 있게 되었을 때도 얼마나 뿌듯했는지 모른다. 한동안은 연구실로 찾아온 출판사 영업사원에게서 『삼천리』며 『문장』

같이 일본 강점기에 출간된 잡지들을 세트로 들여놓기도 했다. 이내 연구 주제가 바뀌는 바람에 이제는 애물단지가 되고 말았지만 말이다.

공연도 VIP석에서 볼 수 있었다. 뮤지컬을 처음으로 VIP석에서 보았을 때가 생각난다. 우리 학교에 부임한 해 연말, 혼자 보러 간 〈캣츠〉였다. 무대 바로 앞의 관람석은 역시나 제값을 했다. 배우들의 표정이며 잔 근육의 움직임 같은 것은 A석이나 S석에서는 절대로 보이지 않는 것들이었다.

그래도 2층 R석이 부러웠다. 신나는 노래가 나오면 2층에서는 마음껏 손뼉 치고 노래를 따라 부르는데 내가 앉은 VIP석 사람들은 아주 점잖게 손뼉만 쳤다. 이 정도로는 호들갑을 떨 만하지 않다고 생각해서인지 원래 VIP석의 관람 매너가 그런 것인지는 모르겠지만 오페라도 아닌 뮤지컬을 시종일관 우아하게 관람하자니 어쩐지 공연을 반만 즐기는 것 같아 VIP 관람료가 아깝기도 했다.

공연에 관한 또 다른 일화가 생각난다. 데미안 라이스가 부산 공연을 왔을 때다. 공연 소식을 듣자마자 당장 표를 예매했다. 기분 전환이 필요하던 참이었고 무엇보다 내가 좋아하는 뮤지션이었다. 부산에서 그런 대형 공연을 보는 것도 드문 기회였다.

공연 당일, 시간에 맞춰 학교를 나섰다. 차를 갖고 다닐 때였는데, 평소보다 길이 막혔다. 아무래도 집에 차를 두고 지하철을 타고 가는 게 나을 성싶었다. 처음 가보는 공연장에서 주차할 데를 찾아 우왕좌왕하기도 싫었다. 하지만 집에 차를 대고 나자 지하철로 가기에는 빠듯한 시간이 되고 말았다. 택시를 타고 가면 공연 시작 전에는 입장할 수 있을 만큼의 여유가 있었다. 그런데 그 순간 갑자기 모든 게 귀찮아졌다. 기분 전환으로 공연을 보는데 그렇게까지 동동거리고 싶지는 않았다. 결국 집으로 발걸음을 돌렸다.

무려 10만 원이 넘는 티켓이었다. 그 비싼 티켓을 포기한 것이다. 그런데 이상한 것은 아깝다거나 속상한 게 아니라 후련한 느낌이 들었다는 것이다. 돈에 '한 방 먹인' 기분이랄까.

그래도 여전히 나는 누가 '그 가방 예쁘다'라고 말하면 금세 얼굴이 붉어지면서 '이거 싼 거예요. 홈쇼핑에서 산 거예요'라고 대답한다. 그러고 나서 곧장 '아휴, 없어 보이게 왜 자꾸 값을 떠올리는 거야'라며 후회한다.

사치는 가격이 아닌 기분의 문제다. 사치의 기분을 느끼는 방법은 모두 다르다. 어떤 사람은 신선한 원두를 직접 갈아

내린 커피를 마시며 행복을 느끼고, 어떤 사람은 한 계절에 한 번은 신상 가방을 장만하며 만족을 느낀다.

나로 말할 것 같으면 가지가지 색깔 펜을 사는 걸로 행복을 느끼는 사람이다. 10만 원짜리 공연 티켓을 날리고 '와, 나 진짜 부자구나' 하고 생각하는 사람이다. 사치의 체감선이 낮다는 건 사치의 기분을 느낄 일이 많다는 것이니 감사할 일이다. 그럼에도 불구하고 나는 월급생활자이자 미래의 연금생활자이다. 마음껏(?) 돈도 써봤고, 마음만 먹으면 언제든 돈을 쓸 여유가 되니 이런 생각을 하는 건지도 모르겠다. 기분도 기본이 되어 있어야 만끽할 수 있다는 사실을 인정하지 않을 수 없다.

이런 나라도,
이런 날도

사실 나는 나를 위해 돈 쓰는 일뿐만 아니라 시간을 쓰는 일에도 인색하다. 아무것도 안 하고 시간을 보낸다는 것은 내게 쉬운 일이 아니다. 나는 쉴 때도 뭔가 의미 있고 생산적인 일을 해야 한다는 강박을 갖고 있다. 그렇다고 시간을 낭비하지 않는다는 말은 아니다. 아래 리스트는 최근 내가 얼마나 시간을 낭비했는지 보여주는 증거다.

빨간 머리 앤/ 원더러스트/ 그레이스 앤 프랭키/ 위험한 세계의 위험한 코미디/ 오쇼 라즈니쉬의 문제적 유토피아/ 트럼프, 미국인의 꿈/ 베트남 전쟁/ 브로드처치/ 슈츠/ 아스달연대기/ 굿 플레이스/ 러시안 인형처럼/ 보디가드/ 지정생존자/ 캘리포니케이션/ 마담 세크리터리/ 하우스 오브 카드/ 한니발/ 더 소사이어티/ 앨리 웡의 스탠드 업 코미디

2018년 9월 넷플릭스에 가입한 이래 내가 본 것들의 목록이다. 총 20개다. 콘텐츠마다 차이는 있겠지만, 시리즈당 보통 5개의 시즌, 하나의 시즌당 10편의 에피소드라고 치고, 에피소드당 대략 50분으로 잡으면, 20편×5시즌×10에피소드×50분, 즉 5만 분을 넷플릭스를 보는 데 썼다.

5만 분이라고 하면 실감이 안 나니 이렇게 표현해보자. 시간으로 환산하며 833시간이요, 날로 환산하면 한 달 하고도 닷새라, 잠을 한숨도 안 자고 본 거로 치면 일 년의 1/12을 넷플릭스만 본 것이다.

물론, 잠도 안 자고 한 달 닷새 동안 넷플릭스만 줄곧 본 건 아니다. 평소에는 하루 한두 시간 정도 TV를 보고, 넷플릭스는 휴일이나 방학 때 작정하고 몰아서 본다. 평균을 내면 일 년 동안 하루 2시간꼴이니 별거 아니다.

맞다. 별거 아니다. 문제는 하루 두세 시간씩 넷플릭스나 TV를 봤다는 게 아니라 내가 이렇게 시간을 계산하고 있다는 것이다. 이런 시간을 낭비하는 시간이라고 생각한다는 게 문제다. 뿐만 아니다. 나는 넷플릭스나 TV 프로를 보면서도 뭔가 생산적인 일을 해야 한다고 생각한다. 이를테면, 그 콘텐츠들을 어떻게 수업에 써먹을까 궁리하거나 그에 대한 글을 써보자고 생각(만) 한다. 언젠가 그림책을 만들겠다며 가벼운 마음으로 시작한 그림 연습도 보고 싶던 TV 프로그램이나 팟캐스트를 틀어놓고 한다. 그렇지 않으면 시간을 허비하는 것 같아 마음이 불편하다.

내 마음을 더 불편하게 하는 것은 내가 살림도 (제대로) 안 하고, 그 많은 시간을 가족들을 위해 쓰는 것도 아니라는 사실이다. 멍하게 앉아 TV나 넷플릭스를 보며 허비한 시간이 나는 마치 잠그지 않은 수돗물이나 안 쓰며 켜놓은 전등처럼 누군가에게는 절실한 것을 그냥 버리는 일처럼 느껴진다. 아마도 '오늘 내가 그냥 흘려보낸 하루는 누군가가 그토록 원하던 내일이다'라는 새마을운동 시대의 가르침에 단단히 세뇌된 모양이다. 그러면서도 며칠에 걸쳐 아무것도 안 하고 미드를 정주행해서 '아, 오늘도 망했다'라는 기분이 드는 날이면, 왕복 일곱 시간쯤 걸리는 시골에 있는 시댁 행사에 다녀온 셈 치면 된다면서 '정신 승리'를 한다. 도대체 나는 뭐가 문제인 걸까?

얼마 전에 우연히 『행복을 부르는 자기 대화법』이라는 책을 봤다. 심리학을 가장한 뻔한 자기 계발서로군, 하고 생각하면서도 끝까지 봤다. 그 책에 따르면 내가 이렇게 나를 들들 볶는 것은 내 안에 심판자가 있기 때문이다. 이들 심판자는 우리에게 완벽해져라, 강해져라, 다른 사람을 만족시켜라, 열심히 노력해라, 하며 채찍질하고 솔직한 감정 표현을 가로막아 분노, 우울, 불안을 일으킨다고 한다. 그야말로 내 이야기다.

그래도 예전보다는 나아졌다. 이제는 적어도 '오후 4시'까지는 죄책감 없이 빈둥거릴 수 있다. 온종일 아무것도 안 하고 넷플릭스만 보고 나서 논문 하나 끝냈으니 그럴 자격이 있다고, 다음 주는 더 힘들 테니 미리 쉬어줘야 한다고 나를 다독거릴 수도 있다. 위의 책에 따르면 그와 같이 그럴듯한 이유를 대는 것조차 그만두어야 진짜로 자유로워지는 거라지만, 어쨌거나 나를 닦아세우는 심판자의 입을 틀어막고 대신 허용적인 말을 해주는 단계에 이른 것 같기는 하다.

어떻게 이런 변화가 가능했을까?

가장 먼저 떠오르는 것은 마음껏 시간을 허비했던 10달 동안의 여행이다. 평생 처음이었다. 경력에 직접적으로 연관되지 않은 일에 시간을 허비하며 지낸 것은. 아는 사람 하나 없는 낯선 공간 속에서는 신기하게도 나를 휘두르는 조종자가 힘을 못 썼다. 생각해보라. 와이파이도 잘 안 터지고, 주 단위 스케줄은커녕 하루 스케줄도 없는 곳에서 서두르고, 완벽해지고, 열심히 노력할 일이 뭐가 있겠는가. 부지런히 지내면 오히려 시간이 너무 많이 남아 어쩔 줄 모르게 되니 뭐든 느리게 할 수밖에 없는 날들이었다.

게다가 그렇게 시간을 마구 허비하다 돌아왔는데도 별일 없었다. 갑자기 내가 바보가 된다거나 남들보다 뒤처진다거나 하는 일도 없었다. 어쩌면 나만 그 사실을 눈치채지 못하고 있는 건지도 모르겠지만, 그게 바로 핵심이다. 돌아와서 그간의 시간들이 아깝고 후회될 줄 알았는데 아니었다. 오히려 느슨하게 풀어진 마음으로 주변을 둘러보니 이전에는 보이지 않던 것들이 눈에 들어오고 마음의 여유가 생기면서 아무려면 어떠냐 싶은 배짱도 늘었다.

나이가 들었다는 것도 중요한 이유다. 내가 아무리 애를 써도 안 되는 일이 있다는 것을 알게 해준 실패들, 세상에 '절대로' 안 되는 일도, '반드시' 그래야 하는 일도 없다는 것을 깨닫게 되었다는 것. 이것이 마흔 넘어 내가 얻은 것들이다.

특히, 사람이 중요하다. 나와 함께 나이 들어가고, 나보다 지혜로운 내 친구들은 내가 나에게 해주는 게 여전히 어려운 말들을 대신 해준다. 괜찮아, 그렇게까지 애쓰지 않아도 돼. 그럴 때도 있는 거지, 같은 말들.

그러면서 왜 넷플릭스 본 시간을 일일이 따져보았느냐고? 그야, 사람은 잘 안 변하니까. 그리고 이런 강박이 도져도 다시 제자리로 돌아갈 것임을 이제는 아니까. 무엇보다 내 친구들이라면 괜찮다고 말해줄 테니까.

이런 나라도 괜찮고, 이런 날도 있는 거라고 말해주는 친구들 덕분에 나는 내 시간에, 나 자신에게 조금씩 너그러워지고 있다.

& 물고기의 방

비가 온다.

해 뜰 시간이 한참 지났는데도 사위가 어둡다.

산꼭대기 기숙사 10층에서 듣는 빗소리는 아득하다.

머리맡 스탠드를 켠다.

조그만 빛이 원을 만든다.

상반신만 불빛 안에 들어가니 난롯불 곁에 있는 것처럼

아늑하고 따뜻하다.

비 오는 바다속이 이런 느낌일까.

깊은 바다의 밑바닥에 가라앉아 있는 심해어 같다.

고요하고 평화롭다.

40대에 친구를 사귄다는 것

내일모레 마흔이라는 나이에 친구는 관심 축에도 들지 않는다. 친구 대신 가족, 재테크, 건강 같은 것이 주된 관심사다. 어쩌다 친구와 보내는 시간도 사는 게 바빠서 사치가 되고, 사춘기부터 20대까지 사귄 친구들을 곶감 빼먹듯 활용하다가 어느 날 갑자기 쓸쓸하고 안타까운 소식으로 옛 친구를 떠올리게 되는 나이가 바로 40대다.

우리 학교에 부임했을 때 나도 40대를 앞두고 있었고, 내가 새로 만난 사람 대부분은 그마저도 훌쩍 넘긴 사람들이었다.

아니나 다를까, 한동안 나는 어디에도 연결되지 않고, 대화를 나눌 사람도 없는 시간을 보냈다.

고단하고 쓸쓸한 한 주가 끝나는 금요일 저녁이면 편의점에서 캔 맥주 두 개와 과자 한 봉지, 닭꼬치 하나를 사 갖고 가서 혼자 맥주를 홀짝거리며 음악을 듣고 글을 쓰고 책을 읽었다. 그러다가 소리 내 노래를 따라 부르기도 하고 혼자 집안을 서성거리며 1인 2역으로 대화를 나누기도 했다. 내가 나한테 질문하고 내가 나한테 대답하는 대화라니. 나도 그런 내가 어처구니없어서 "야, 너 웃긴다"라고 혼잣말을 하면 웃음이 나야 하는데 눈물이 났다. 취했기 때문만은 아니었을 것이다.

그랬는데, 지금은 친구라고 할 만한 동료도 생겼고, 믿고 의지하는 선배 교수들도 생겼다. 참 신기하다. 어떻게 그런 일이 일어나게 됐을까?

아무리 생각해도 우연과 인연이라는 말로밖에는 설명할 방법이 없다. 내가 한 일은 아무것도 없다. 굳이 찾자면 초대에 기꺼이 응한 것뿐이다. 무슨 거창한 초대를 말하는 게 아니다. 함께 밥을 먹자는 초대, 함께 차를 마시고 책을 읽자는 초대, 함께 산책을 하자는 초대가 전부다.

사소한 초대 하나에 기꺼이 응하자 또 다른 초대가 이어졌다. 새로 만난 한 사람이 또 다른 만남의 다리가 되어주었다. 그렇게 사람과 사람으로 이어진 선을 타고 나는 새로운 세계에 무사히 닻을 내렸다. 그리고 나도 먼저 초대를 할 줄 아는 사람이 되었다.

이 학교에 와서 두 번째 맞이한 내 생일이 기억난다. 가족 말고는 누구도 내 생일을 기억해주는 사람이 없었다. 내가 먼저 누군가의 생일을 챙긴 적이 없으니 당연한 일이었다. 생일이 뭐 대수냐는 생각은 지금도 변함없지만 그때 깨달은 게 있다. 내가 먼저 초대하지 않으면 앞으로도 누구도 내 생일을 알지 못할 거라는 사실.

출근하는 길에 동네 빵집에서 치즈 케이크를 샀다. 겨울방학의 끝 무렵이라 학교는 한산했지만, 평소 가깝게 지내던 동료들은 모두 학교에 나와 있었다. 그들 연구실로 내가 먼저 전화를 걸어 차를 마시자고 했다. 커피와 함께 케이크를 내놓으며 사실은 오늘이 내 생일이라고, 축하해달라고 말했다. 세상에, 내가 먼저 사람들을 초대하다니, 그리고 나를 위해 축하해달라고 말하다니!

·

새로운 친구들뿐만 아니라 이미 알고 있는 친구들도 초대했다. 부산의 멋진 바닷가 근처 넓은 집을 나 혼자 누린다는 게 왠지 아깝기도 했고, 꺼진 불, 아니 꺼진 우정도 다시 보자는 취지도 있었다.

"언제든 와. 우리 집에서 자면 돼. 광안리 알지? 걸어서 5분이면 갈 수 있어. 네가 원하면 나랑 같이 다녀도 되고, 너 혼자 다니다 저녁때 만나도 괜찮아. 필요하면 내 차를 써."

그렇게 해서 많은 사람이 다녀갔다. 몇몇은 다른 볼일 때문에 부산에 왔다가 연락을 해왔고, 몇몇은 오로지 나를 만나려고 일부러 왔다. 여럿이 함께 오기도 하고 혼자 오기도 했다. 우리 집에서 며칠을 머물다 간 친구도 있고, 점심때쯤 내려와 회 한 접시에 소주만 마시고 마지막 기차를 타고 돌아간 지인도 있다. 오래도록 우정을 나눈 친구들과 우연히 연락이 닿은 대학 동기, 동아리 선후배와 그리 친하지 않았던 대학원 선후배까지.

친구들이 오기로 한 날이면 특별히 바쁜 일이 없는 한 도착 시간에 맞춰 기차역으로 마중하러 나갔다. 기차역에서 친구를 기다리는 시간이 가장 설레고 아름다운 순간이다. 그야말로 황지우 시의 다음 구절이 딱 들어맞는다.

> 네가 오기로 한 그 자리에
> 내가 미리 가 너를 기다리는 동안
> 다가오는 모든 발자국은

내 가슴에 쿵쿵거린다
바스락거리는 나뭇잎 하나도 다 내게 온다
—황지우, 「너를 기다리며」

다들 친구나 사랑하는 사람을 만나러 부산에 오는 것은 아닐 텐데, 출구로 쏟아져 나오는 사람들의 표정은 어쩜 그렇게 모두 설레어 보이는 걸까. 도착시간을 알리는 전광판을 바라보다 내 곁을 스쳐 지나가는 사람들을 살피며 혹시라도 친구를 놓친 건 아닐까 초조해하는 내게는 그렇게 보였다.

마흔이 넘으면 생활 반경이 정해지니 새로운 사람을 만날 일도 많지 않고, 친구 없이도 인생은 그럭저럭 굴러간다. 그런 일이 아니더라도 해야 할 일이 많다. 앞으로도 계속 그럴 것이다. 그건 곧 새로운 친구를 사귈 기회가 점점 줄어든다는 뜻이기도 하고, 새로운 세계를 접할 일이 없어진다는 뜻이기도 하다. 무엇보다 가슴을 쿵쿵 울리게 만드는 설렘과 경이로부터 차단된 세계에 갇히게 된다는 뜻이다. 초대하고 초대에 응하는 일에 애써 마음을 내야 할 이유가 거기에 있다. 여럿이 즐거운 것보다 혼자 외로운 게 속 편하다고 생각하는 내가 뒤늦게라도 그런 깨달음을 얻어서 다행이다.

광안리 옆 대나무숲

부산에 놀러 오는 친구 중에는 그저 여행 삼아 오는 친구도 있고 복잡한 고민거리를 안고 오는 친구도 있다. 하지만 그저 여행 삼아 온다고 해도 마흔이 넘은 나이쯤 되면 '그저 여행'이란 없다. 이 나이쯤 되면 저마다의 고민이 있는 법이다. 그리고 이 나이쯤 되면 '그저 여행'이라는 명목으로 그것도 멀리 부산으로 훌쩍 떠나오게 되기까지의 마음을 구구절절 말하지 않아도 짐작할 수 있다. 아마도 그런 이유 때문일 것이다. 서울에 있었으면 절대 하지 않았을 초대를 하고, 언제 밥이나 먹자는 말처럼 흘려버릴 법한 초대에 기꺼이 응하는 것은.

그래도 일단 만나면 이야기가 끊이지 않는다. 부산 시내가 다 내려다보이는 멋진 풍광도, 홍콩의 마천루 같이 솟아 있는 해안가 고층 건물들의 이국적인 풍경도, 눈부시게 빛나는 백사장과 새파란 파도도 어느새 안중에 없어지고, 우리는 저마다의 이야기를 슬금슬금 꺼내놓는다.

아직 자리를 잡지 못한 친구는 미래에 대한 불안을, 부모님과 갈등이 심한 후배는 독립에 대한 꿈을, 갱년기를 앞둔 선배는 인생의 허무와 고단함을 털어놓는다. 직장에 다니는 친구는 직장 상사 흉을, 논문을 쓰는 후배는 지도교수 흉을 보기도 한다.

재미있게 읽은 책과 좋아하는 영화 이야기, 어린 시절의 경험과 우리가 처음 만났을 때의 첫인상, 그리고 함께 공유하는 기억으로 이야기가 흘러가면 대화가 비로소 무르익었다는 뜻이다. 그것은 또한 각자 흘러온 시간을 거슬러 우리의 관계가 시작된 출발점에 함께 도달했다는 뜻이기도 하다. 그 지점에서 더 거슬러 오르면 우리는 서로의 한가운데로 들어갈 수도 있다. 결국 다시 각자의 삶 속으로 돌아가겠지만, 이 한 번의 경험으로 충분하다. 이 기억 때문에 우리는 어느 먼 훗날 뜬금없이 다시 만나도 정다울 수 있을 것이다.

고민을 털어놓는 친구들에게는 가끔 내 의견을 말하기도 한다. 까짓것 저질러버리라고, 괜찮다고, 하고 싶은 거 하라고, 시간이 지나니 괜찮아지더라고. 책임 못 질 이야기라는 것을 알면서도 말한다. 우리 나이쯤 되면 각자 할 수 있는 말을 하고, 각자 듣고 싶은 말을 들을 뿐이라는 사실을 알기 때문이다.

무엇보다 이 친구들이 내 조언을 듣고 싶어서 이곳에 온 게 아니라는 것을 나는 안다. 질문을 갖고 올 때는 마음속에 답도 이미 들어 있다. 그저 그 질문과 그 답을 입 밖으로 소리 내보며 자신의 마음을 확인하고 싶을 뿐이다. 그러니 내가 할 일은 잘 들어주다가 그의 또 다른 자아 역할을 해주면 되는 것이다. 이를테면, 그가 염려하는 것에 대해 질문해주고, 그가 듣고 싶은 말을 대신해주는 일. 내가 진짜로 동의하든 동의하지 않든 그건 중요하지 않다.

굳이 말하자면, 그들이 나를 만나 그런 이야기를 하는 것은 그것이 '나'이기 때문이 아니라 내가 부산에 있기 때문이다. 그러니까 내가 아니라 우리가 함께 바라보는 부산의 바다에 털어놓는 말인지도 모른다. 왜 안 그렇겠는가, 여기는 저들의 일상에서 육로로 도달할 수 있는 가장 먼 곳, 부산인데. 이런 거리감은 사람의 마음을 무장 해제시킨다. 요즘 유행하는 말로

'대나무숲'인 것이다. 게다가 바람과 바다라니. 여기에 부산 소주 한 잔이면 저마다의 고민과 추억과 질문을 부산의 바다에, 부산의 바람 속에 풀어놓지 않을 수 없다.

친구들은 돌아가는 기차에서 문자를 보내곤 한다. 덕분에 즐거웠다고, 잘 지내다 또 보자고. 하지만 그렇게 다정한 문자를 남기고 돌아가서는 소식이 뜸해지는 친구도 있다. 가끔은 그들에게 연락해서, 그때 고민하던 일은 잘 해결되었느냐고 물어볼까 하는 생각도 든다. 하지만 그렇게 하지 않는다. 소식이 없는 친구들도 이런 마음이겠거니 생각하면 서운할 게 없다.

뜬금없이 군자의 세 가지 기쁨에 관한 공자의 말이 생각난다. 공자는 배우고 때때로 익히는 것, 벗이 있어 멀리서 오는 것, 사람들이 알아주지 않아도 성내지 않는 것이 군자의 기쁨이라고 했다. 나는 인문관의 불이 다 꺼질 때까지 홀로 연구실에 남아 배우고 때때로 익힌다. 그러다 멀리서 친구가 찾아온다. 친구가 떠나고 나를 잊어도 성나지 않는다. 부산살이 10년 만에 나는 진정 군자의 경지에 오른 것이다!

그들은 오라고 하면 진짜 온다

내게는 오라고 하면 진짜 오는, 즉흥성 99%의 걷기 여행 멤버들이 있다. 10년 넘게 최소 1년에 두 번, 여름방학과 겨울방학이 시작되거나 끝날 무렵에 낯선 지역의 작은 터미널에서 만나 김삿갓과 친구들처럼 전국의 산 좋고 물 좋은 곳을 찾아다닌다. 사실 이것은 명분일 뿐 매끼 반주를 곁들이며 1박 2일이면 1박 2일, 2박 3일이면 2박 3일 내내 조금은 알딸딸한 상태로 쉴 새 없이 농담과 진담, 험담과 자책, 후회와 계획에 대해 떠드는 게 진짜 목적임을 이제는 누구도 부인하지 않는다.

정예 멤버는 나까지 네 명. 가끔 옵서버로 끼는 친구들도 있다. 하지만 이 옵서버들이 항상 초대에 응하는 건 아니다. 쉴 새 없이, 두서없이 떠들어대는 말놀이에 질려선지, 계획이란 세우는 데 의의가 있는 것인 양 애써 짠 계획 따위는 무시하고 즉흥적으로 움직이는 것에 질려선지, 그것도 아니면 홍정에 홍정을 거듭해서 5만 원짜리 방 하나를 잡고 혼숙하는 것도 모자라 라면으로 아침을 때우는 대학생 같은 구질구질한 여행 스타일이 안 맞기 때문인지, 그 이유는 잘 모르겠다. 하지만, "어휴, 내가 왜 또 당신들과 이러고 있는지 모르겠네"라고 투덜거리며 다시는 오지 않을 것처럼 작별을 고한 옵서버들도 그 기억이 희미해질 무렵이면 어디 산기슭의 허름한 민박집에서 우리와 함께 소주잔을 기울이고 있는 자신을 발견하고는 어리둥절해 한다. 이 이상하고도 구질구질한 모임에 우리는 '오셔요'라는 이름을 붙였다.

이 네 명의 정예 멤버들은 대학원에서 10여 년간 함께 공부한, 그러나 전공도 나이도 제각각인 동료들이다. 대학원에 다니는 동안 스터디도 함께하고 술자리도 많이 했지만 이 이상한 모임이 결성되기까지는 각별할 것 없는 사이였다.

그러다 내가 우리 대학에 부임하고 6개월이 지난 어느 해 1월, 집들이를 핑계 삼아 우리 집에 최초로 이 네 명의 친구들이 놀러 왔다. '오셔요' 모임의 탄생을 알리는 순간이었다.

이제 와 다시 생각해보니 그 여행은 그 후 지속될 우리 여행의 원형과도 같았다. 이를테면, 이런 식이었다. 내가 부산역으로 마중을 간다. 친구들을 태우고, 나도 그때까지 안 가본 자갈치 시장으로 직행한다. 싱싱한, 하지만 바가지를 쓴 게 틀림없는 회 한 접시로 여행의 시작을 간단히 기념하고, 서툰 나의 운전 솜씨로 부산의 서쪽 끝에서 부산의 동쪽 끝으로 이동한다. 이름도 낭만적인 '월전리(月田里)'에서 밤바다 소리를 배경으로 숯불에 구운 장어에 부산 소주를 마시며 본격적인 회포를 푼다. 우리 집에는 이 모든 코스가 끝난 뒤 한밤중이 되어야 들어간다. 휑한 집안을 대충 둘러보는 것으로 집들이는 끝. 이내 자리를 펴고 앉아 또 마신다. 이튿날 아침에는 내가 끓인 굴국으로 간단히 해장을 하고 곧장 통영으로 떠난다. 이 역시 계획에 없던 것이다. 결국 친구들이 부산에 와서 한 일이라고는 마시고, 마시고 또 마신 일밖에 없다.

'못 먹어도 고!', '계속 고!'를 외치며 미끄러지듯 여기저기를 옮겨 다니는 여행(이라고 할 수 있을지 심히 의심스러운). 이것이 '오셔요'의 플롯이다.

하지만 이 정도로 그치면 특별할 게 없다. 통영에서 우리를 기다리는 두 명의 또 다른 대학원 친구들과 접선해 그길로 근처 고성에 계신 모교의 퇴직한 교수님을 찾아갔다. 웃긴 건 우리 중에 그 교수님의 수업을 들어본 사람이 아무도 없다는 사실이다. 우리가 입학했을 때는 이미 퇴직하신 후였고, 우리는 그분의 악명과 명성을 풍문으로만 들었을 뿐이다. 어쨌건 우리는 전화 한 통으로 정중히 방문 의사를 알려드리고 사실은 쳐들어가다시피 댁으로 가서 남해 바다가 안마당처럼 펼쳐진 거실에서 감히 강의실에서라면 눈도 못 맞추었을 국문학계의 대가께서 직접 내려주신 에스프레소를, 그분이 세계 각국에서 수집해온 에스프레소 잔에 받아 마시는 사치를 누렸다.

그날 저녁 우리는 누구도 이유를 모른 채 거제로 가서 정말 뜬금없이 오리고기로 저녁을 먹고 거제를 한 바퀴 돌다 가장 싸 보이는 펜션에 숙소를 잡았다. 그리고 무엇을 했을까? 날이 샐 때까지 한 일이라고는 역시나 술과 이야기와 노래와 춤(그렇다. 우리 중에는 분위기만 받쳐주면 춤을 추는 멤버가 있다. 앤서니 퀸이 연기하는 조르바의 춤, 〈아비정전〉에서 장국영이 추는 맘보춤을). 그게 우리 모임의 시작이었다.

그렇게 시작한 이상하고 제멋대로인 이 모임에 '오셔요'라는 이름이 붙은 건 그로부터 한 해가 지난 후였다. 이듬해 겨울, 우리는 더 서쪽으로 영역을 확장했다. 곡성에서 해남으로, 해남에서 다시 땅끝마을로, 이어 보길도로 미끄러지는 3박 4일간의 여행 동안, 네 명이었던 멤버는 일곱 명으로 늘어났다. 한 번쯤 만났거나 혹은 한 번도 본 적 없는, 우리 중 누군가의 친구들이 해남에서, 땅끝마을에서 합류했다. 소주에 취하고 분위기에 취해 저마다의 친구에게 전화를 걸어 이렇게 말했기 때문이다. "우리 해돋이 보러 남해에 갈 거야. 할 일도 없을 텐데 일루 와." 그리고 그들은 진짜로 왔다. 그때 그들은 각자 군산과 서울, 목포에 머물고 있었다. "오라고 한다고 진짜로 와요?"라고 놀리듯 말했지만 우리는 모두 놀라고 다소 감동했던 게 틀림없다. 뒤늦게 합류한 이 세 명은 어쩌다 참여하는 옵서버가 됐지만 우리 네 명만큼은 그 후로 10년 동안 서로에게 줄기차게 '오셔요'를 타전한 걸 보면.

이번 '오셔요'는 여름방학이 끝나가는 8월 마지막 주 진도에서 타전할 예정이다. 낯선 국토의 해 질 녘에서 만나는 철새들처럼 오랜만에 만나 함께 길을 걷다가 술을 마시고, 노래하고, 춤을 추다가 다시 흩어져 제 갈 길을 갈 것이다. 어쩐지 그것이 농담 같은 우리의 삶을 닮아서 마음에 든다.

각자의 마음

올봄에는 '오셔요' 멤버들과 모처럼 서울에서 만났다. 학기 중에 회동을 하는 것은 드문 일인데, 단톡방에 꽃 사진, 봄노래를 앞다퉈 올리다가 누군가 '봄맞이 대번개'를 하자고 청했던 것 같다. 그 요청을 받아 냉큼 일을 성사시킨 건 우리의 행동대장 R이었다.

꽃구경을 하자고 했으면서 왜 노량진 수산시장에서 보기로 했는지 모르겠다.(우리가 그렇지 뭐.) 어쨌든 노량진 수산시장에서 만나 꽃구경 대신 봄철 주꾸미와 소주로 1차를 하고, 여기가 어디인지도 모르는 동네를 산책하다가 역시나 왜 이런 곳에서

2차를 해야 하는지 모를 곳에서 맥주를 마시고, 그러고도 아쉬워 오뎅집으로 향했다.

이미 얼큰히 취한 상태에서 오뎅탕이 나오고 소주가 한두 순배 돌았을 때였다. '오셔요' 멤버 중 유일한 남자 정예 멤버인 C가 갑자기 자신의 '치명적 사랑'에 대해 털어놓았다. 만날 때마다 한 번도 빠지지 않고 화제에 올리고는 매번 변죽만 울리다 그만둬서 우리를 감질나게 했던 그 '치명적 사랑'의 전모를 풀어놓기 시작한 것이다.

다들 "그랬구나, 힘들었겠네"라고 말하며 술을 권했지만 나는 그럴 수 없었다. 도대체 전국의 물 좋고, 안주 좋고, 분위기 좋은 곳 다 놔두고 어딘지도 모를 서울의 낯선 동네에서 맛도 없으면서 비싸기만 한 오뎅탕을 앞에 놓고 그 이야기를 털어놓은 이유를 알 수가 없었고, 그 치명적인 사랑의 전모라는 것이 지난 10년 동안 우리에게 들려줬던 내용과 너무 달라 심술이 났다.

"아니, 어떻게 우리한테 그럴 수가 있어? 무려 10년이야. 10년 동안 함께 걸으며 우린 할 말 못 할 말 안 가리며 각자의 속내를 다 드러냈는데, 당신은 그런 이야기를 이제야 하는 거야?"

잠시 침묵이 흐르고, 당황한 C는 자기가 정말 큰 잘못을 저지르기라도 한 듯한 표정을 지으며 "아, 미안. 그런 게 아니라…"라고 사과했다.

그제야 나는 정신이 번쩍 들었다. 얼굴이 다 화끈거렸다.(지금도 그때 생각을 하니 얼굴이 화끈거린다.) '아, 이게 무슨 추태람…'으로 시작하는 후회가 밀려들었다. 아무리 친해도 하기 싫은 말이 있는 거다. 친하니까, 내가 당신에게 모든 걸 털어놓았으니까 당신도 그래야 한다니 얼마나 유치한 생각인가. 당신이 내게 모든 걸 털어놓지 않는다면 그건 당신이 나를 중요한 사람으로 생각하지 않기 때문이라니. 약속시간에 늦은 거로 사랑이 식었다고 닦달할 사람, 말투가 퉁명스럽다고 나를 무시하느냐고 앙심 품을 사람이 아닌가.

그대로 가다가는 자책을 거쳐 '자폭'으로 이어질 찰나, 술집 사장이 영업 종료를 알렸고, 우리는 자리에서 일어나야 했다. 정말 다행이었다. 나는 최악의 경우 그야말로 '진상짓' 중의 '진상짓'이라고 할 수 있는 '술 먹다 울기'를 시전할 수도 있었기 때문이다.

가게를 나온 우리는 앞에 놓인 벤치에 나란히 앉았다. 어디선가 향기를 실은 바람이 불어오고 있었다. 봄밤이었다. 누군가 대동 담배를 제안했고, 우리는 헤헤거리며 담배 한 대씩을 피워 물었다. 누군가 사진을 찍자고 했고, 우리는 담배를 '꼬나

문 채' 동네 양아치처럼 한껏 불량한 포즈로 서울의 낯선 거리의 취한 봄밤을 기록에 남겼다.

얼마 전 SNS에서 나 같은 부류의 사람에 관해 쓴 글을 보았다. 우주가 자기를 중심으로 돈다고 생각하는 사람. 그 글은 이들이 얼마나 피곤한 족속인지 조목조목 분석하고 나서 그런 사람에 대처하는 법을 제시했다. 대처법. 퇴치법이 아닌 게 다행이지만, 별로 다를 게 없다. 그 대처법이란 게 삼십육계 줄행랑이니 말이다. 그러니까 그런 사람은 가급적 멀리하는 게 좋다는 거다.

맞는 말이다. 나도 이런 내가 싫다. 그런데 잘 고쳐지지 않는다. 고쳐지기는커녕 나이가 들면 더 심해질 가능성이 높다. 나이가 들면 노여움이 많아진다는 말도 있지 않은가. 그나마 다행인 것은 내가 그런 사람이라는 것을 이제는 안다는 거다.

조카가 유치원생일 때 있었던 일이 생각난다. 미술 숙제를 하던 것을 지켜보던 아빠가, 예의 그 '최고 병'이 발동해서 조카에게 이렇게 그려라, 저렇게 그려라 참견하시기 시작했다. 그때 조카가 한 말을 나는 지금도 기억한다.

"꼭 그래야 해요? 저도 제 마음이 있다고요."

그 말에 나는 감동했다. 그리고 이제는 나도 그게 무슨 말인지 조금 더 잘 알게 되었다. 그 사람의 마음은 그 사람의 것이고, 내 마음대로 할 수 없다는 것을. 사랑을 이유로 누군가의 마음을 억지로 열려고 하는 일, 사랑을 이유로 내 마음과 같기를 요구하는 일이 상대에 대한 사랑이 아니라 이기심이라는 것을 안다. 그 마음이 저절로 열리기를 기다리는 것, 열리지 않는다 해도 억지로 열려고 하지 않는 것. 끝내 안 열려도 그냥 거기에 함께 있는 것, 그것이 사랑이고 우정이리라. 그 봄밤, 취했다는 핑계로, 오랜 친구라는 미명으로 그의 마음을 억지로 열려고 했던 나의 조급함까지 헤아려준 그들이 소중하고 감사한 이유다.

4부 / 지도에 없는 길 걷기

한밤의 좀머 씨

그럴 리는 없겠지만, 지금으로부터 20년여 전, 매일 밤 10시 반에서 12시 사이, 백팩을 멘 채 이어폰을 끼고 터질 듯 시뻘건 얼굴로 성큼성큼 신촌 거리를 걸어가는 여자를 본 적이 있다면, 그게 바로 30대를 향해 돌진해가는 20대 후반의 나다. 앞자리 수가 2에서 3으로 바뀌는 그 몇 년간 나는 매일 밤 그렇게 연구실과 집 사이 신촌 일대를, 그리고 나중에는 신촌에서 종로까지를 휘젓고 다녔다.

아무도 몰랐겠지만 그때 내 귓속에는 라디오 헤드, 스매싱 펌킨스, 오아시스 같은 얼터너티브 록이 흐르고 있었다. 강렬한 비트와 다소 몽환적인 분위기의 사운드는 화려한 네온사인이 명멸하는 거리를 부유하듯 떠도는 군중들과, 그 흐름을 거스르며 앞으로 나가는 내 밤 산책의 BGM으로 안성맞춤이었다. 그 음악에 맞춰 우아하고도 날렵한 나만의 리듬을 타고 있었다는 것 역시 아무도 몰랐을 테지만.

이를테면, 이런 것. 내 안 어딘가에 핸들이 있다고 상상하면서 다가오는 장애물의 방향과 속도를 계산해서 미리 방향을 틀며 파도처럼 밀려오는 인파를 요리조리 헤쳐 나가는 것. 그럴 때 나는 매우 유능한 사람, 아니 아주 날랜 돛단배가 된 기분이 된다.

이런 리듬을 타기 위해서는 일단 연구실을 나서기 전에 운동화 끈을 단단히 묶어야 한다. 그리고 속으로 '간다!'를 외치며 고개를 15도 정도 숙인 후 무게 중심을 앞으로 옮기면서 첫 발을 내딛는 게 중요하다. 한쪽 발이 땅을 밀어내는 반동으로 다른 쪽 발을 재빨리 땅에 내딛는 걸 반복하다 보면 나도 모르게 우아하게 미끄러지듯 앞으로 나갈 수 있다. 바람의 힘으로 나아가는 돛단배 같은 걷기는 그렇게 완성된다.

인파가 많아지는 곳에 접어들면 방향 전환에 신경 써야 한다. 그렇지 않으면 갑자기 내 눈앞에 누구의 것인지도 모를 넓은 가슴이 나타나는 수가 있다. 이왕 그렇게 된 김에 그 유명한 초콜릿 CF처럼 그 가슴에 얼굴을 파묻을 수도 있겠지만, 그런 일은 아쉽게도 한 번도 없었다. 다행이다. 만약 정말로 그랬다가는 치한으로 몰렸을 테니까. 그런 불상사를 피하려면 집중력이 중요하다.

이 역시 아무도 몰랐겠지만 사실 그때 내 심정은 좀머 씨와 비슷했다. 그 무렵 베스트셀러였던 『좀머 씨 이야기』라는 책의 주인공 말이다. 좀머 씨는 매일 아침 일찍 집을 나서 들판과 초원과 호수 주위의 숲, 그리고 이 마을 저 마을을 걸어 다닌다. 좀머 씨가 어디를 다니는지, 무엇 때문에 그렇게 다니는지는 아무도 모른다.

책에는 이런 장면이 나온다. 어느 날씨 궂은 날, 책 속의 꼬마 서술자는 아버지와 차를 타고 가다 여느 때처럼 미친 듯이 걷고 있는 좀머 씨를 발견한다. 우박을 동반한 거센 바람 때문에 좀머 씨가 걱정스러웠던 서술자의 아버지는 좀머 씨에게 차에 타라고 권한다. 아무리 권해도 말을 듣지 않자 아버지는 좀머 씨에게 외친다. "그러다가 죽겠어요!"

> 그 말에 아저씨가 우뚝 섰다. 내가 보기에 그는 바로 '죽겠어요'라는 말에 빳빳하게 굳어지며 멈춰 서는 것

같았다. 그것도 너무 갑작스럽게 그렇게 해서 아버지는 그의 옆을 지나치지 않으려고 급브레이크를 밟아야만 했다. 아저씨는 오른손에 쥐고 있던 호두나무 지팡이를 왼손으로 바꿔 쥐고는 우리 쪽을 쳐다보고 아주 고집스러우면서도 절망적인 몸짓으로 지팡이를 여러 번 땅에 내려치면서 크고 분명한 어조로 이렇게 말했다.

"그러니 나를 좀 제발 그냥 놔두시오!"

그럴 리는 없겠지만 당시 누군가 내 앞을 막고 왜 그렇게 걷느냐고 물었다면, 나 역시 '나를 좀 제발 그냥 놔둬'라고 고함치고 말았을 것이다.

내가 그야말로 '미친 듯이' 걷기 시작한 그때는 박사과정이 끝나갈 무렵이었다. 최승자 시인이 "이렇게 살 수도 없고 이렇게 죽을 수도 없을 때"라고 말한 바로 그 서른이 나에게도 어김없이 다가오던 때였다.

대학원에 다니는 내내 나는 정체 모를 불안감에 시달렸다. 뭐가 되겠다고 공부를 시작한 건 아니었으니 불확실한 미래나 생계 때문에 불안한 건 아니었다. 지금 와서 보면 철없는 생각이지만, 나이 들어서도 계속할 수만 있다면 시간강사도 상관없다고 생각했다.

어쩌면 바로 그것이 이유였을지도 모르겠다. 대학원은 진리를 찾거나 배움의 기쁨을 나누는 곳과는 거리가 멀었다. 일반 직장만큼은 아니겠지만, 촘촘한 위계와 보이지 않는 권위가 작동했고 공부하는 걸 좋아해서 대학원에 왔다는 말은 아무리 좋게 봐줘야 순진한 생각 아니면 결혼으로 모든 게 해결되는 여자라서 할 수 있는 생각으로 여겨졌다.

시도 위안이 될 수 없었다. 시에 매료되어 공부를 시작했지만, 시는 시고, 공부는 공부다. 시를 공부하는 일에는 낭만이 눈곱만큼도 없었다. 당연하지 않은가. 공부의 '공(工)'이라는 글자 자체가 "장인, 물건을 만드는 일을 업으로 하는 사람, 공교하다, 교묘하다"와 같은 뜻이 있으니 낭만과 거리가 먼 단어를 들라면 단연 가장 앞에 놓일 단어가 '공부'일 터, 머릿속에 글자가 들어오든 말든, 문장이 앞으로 나가든 제자리를 맴돌든 기계처럼 하루 12시간 이상을 꼬박 책상 앞에 앉아 읽고, 메모하고, 생각을 쥐어짜고, 글을 쓰는 노동이 공부다.

게다가 시를 공부한다는 건 언어로 도달할 수 없는 세계의 심연을 들여다보는 일과 같아서 끝도 없고 시작도 없는 허무와 무의미 속을 헤매는 매우 고독한 일이고, 그러다 자칫 그 어둠에 함몰되기 십상이다.

좀머 씨도 그랬을지 모른다. 허무로부터 달아나기 위해 그토록 걸었는지도 모른다. 그는 결국 죽는다. 허무로부터 달아나는 속도 그대로 호수 속으로 걸어 들어간다.

나는 좀머 씨와 달리 허무 속에 빠지지 않았다. 대신 1년 만에 박사논문을 마치고 그 어둡고 우울한 시절에서 벗어났다. 그 시절의 걷기는 내가 땀 흘리는 몸을 가진 존재라는 것을 잊지 않게 해주었고, 나라는 '공부 기계'가 들여다보는 글자들이 세상과 연결되어 있음을 알게 해주었다. 수많은 사람들 속에 섞여 함께 흘러가는 동안 나는 허무와 고독 속으로 가라앉지 않을 수 있었다. 그렇게 나는 매일 밤, 한 척의 작은 돛단배가 되어 그 망망대해를 무사히 빠져나왔다.

온몸으로 산을 오른다는 것

내가 있는 학교는 우리나라의 많은 다른 학교들처럼 산 중턱에 자리 잡고 있다. 지하철역에서부터 가장 높은 곳에 위치한 본관까지 약 1.6km로, 경사도만 완만하다면 그리 먼 거리는 아니다. 하지만 우리 학교는 전국에서도 '곡소리 나는 경사도'를 가진 대학으로 유명하다. 인터넷에 검색해보니 최고 기울기 29.6%, 평균 기울기 18.3%란다. 그야말로 헉헉거리며 올라가지 않을 수 없는 경사도다.

지하철역에서 교내까지 운행하는 셔틀버스도 없고 자가용도 보편화되지 않았던 시절에는 다들 그 가파른 길을 걸어 다녔다고 한다. 하지만 이제는 누구도 감히 그 길을 걸어 오르려 하지 않는다. 학교 뒷산을 오르는 등산객이나 저녁 무렵에 산보 나온 인근 주민 말고는 말이다.

가끔 산악용 자전거를 타고 열심히 페달을 밟으며 그 길을 오르는 사람도 있기는 하다. 지난 토요일에도 완전 무장을 한 채 자전거로 그 경사를 오르는 사람을 봤다. 그날은 어쩐 일인지 그 길을 걸어 오르는 사람이 유난히 많았다. 개를 앞세운 중년의 여자도 있었고, 커다란 오토바이를 밀면서 걸어가는 청년도 있었다. 시동이 꺼진 오토바이는 고장난 것처럼 보였는데, 어디서부터 그 무거운 오토바이를 끌고 올랐던 걸까? 어째서 수리점으로 가지 않고 높은 곳에 있는 본관 쪽으로 가고 있었던 걸까?

두세 걸음 떼고 멈춰 서서 숨을 돌리고는 다시 오토바이를 밀며 더디게 그 길을 오르는 청년을 보자 오래전 일이 떠올랐다.

운전을 하고 다닐 때였다. 여름방학이었는데도 나는 매일 이른 아침에 출근했다. 어느 날, 교문에 막 들어섰는데 초로의 남자가 교정을 걸어 올라가고 있는 게 눈에 들어왔다. 그가 눈에 띈 건 바로 직전 주말에 산에서 그를 보았기 때문이다.

새벽 2시 넘어 잠이 들어도 커다란 유리창이 밝아오면 저절로 눈이 떠지는 가벼운 불면의 나날을 보내던 그 무렵, 나는 방학 동안 주말마다 학교 뒷산을 오르기 시작했다. 본관 뒤쪽으로 난 등산로 초입에 차를 세우고 걷기 시작하면 멀리 영도 앞바다가 보이는 산허리를 돌고 삼나무가 빽빽한 숲을 지나 다시 학교로 돌아오는 데 2시간 정도 걸리는 가벼운 산책 코스였다.

내가 산에서 그를 본 날은 평소보다 늦게 출발해서 더 오래 걸었던 날이었을 것이다. 멀리 낙동강이 보이는 산 정상까지 다녀오니 점심때가 조금 지나 있었다. 그를 만난 건 등산로 초입쯤이었다. 나는 산행을 마치고 내려오는 길이었고, 그는 이제야 본격적인 산행을 시작하려는 참이었다.

그의 걸음걸이는 여느 사람과 달랐다. 왼팔을 옆구리에 바싹 붙인 채 왼쪽 다리를 끌다시피 걷고 있었다. 한눈에도 왼쪽에 마비가 왔다는 걸 알 수 있었다. '저런 몸으로 산을 오르다니 대단하다.'

놀라움 반, 의아함 반이 섞인 내 표정을 알아차린 걸까. 좁은 산길을 스쳐 지나가던 그는 여느 등산객처럼 밝은 목소리로 인사를 건넸다. "수고하십니다."

그러니까 교정을 오르는 그 남자를 알아볼 수 있었던 것은 성치 않은 몸으로 산을 오르던 모습 때문이었다.

그때 나는 그가 당연히 등산로 입구까지 버스를 타고 와서 산행을 시작했을 거라고 생각했다. 그런데 그게 아니었다는 것을 그날 교문에서부터 걸어 오르는 것을 보고 알았다.

이튿날도 내 차는 그를 스쳐 지나갔다. 전날보다 30m쯤 더 올라간 지점이었고, 나는 전날보다 15분가량 늦게 출발한 날이었다. 그다음 날도, 그다음 날도 그를 보았다. 그를 지나칠 때마다 그는 어김없이 가파른 길을 오르고 있었다. 그의 걸음걸이는 한결같았다. 한결같이 힘겨워 보였다. 내가 안 보는 사이 한 걸음 올라갔다가 두 걸음씩 미끄러지는 건 아닐까 싶은 생각이 들 정도였다.

그 여름, 거의 매일 아침 그를 보았지만 나는 그가 어디서부터 걷기 시작했는지는 끝내 알 수 없었다. 또한 그가 어디까지 올랐는지도 알 수 없었고, 그가 몇 시에 하산했는지도 알 수 없었다. 그러나 이 대단치도 않은 동네 뒷산을 올라갔다 내려오면 그의 하루가 다 지났으리라는 것은 짐작할 수 있었다.

오래된 영화 한 편이 떠오른다. 1993년쯤 개봉한 〈얼라이브〉다. 실화를 바탕으로 만든 이 영화는 안데스산맥에 추락한 비행기 사고의 생존자들이 70여 일 만에 구조되는 극적인 이야기를 다루고 있다. 살아남은 10여 명 가운데 에단 호크와 두

명의 친구들은 언제까지 앉아서 구조대를 기다릴 수만은 없다며 (일시적이나마) 안전이 보장된 추락한 비행기를 떠나 푸른 초원이 펼쳐진 계곡을 찾아 나선다.

혹독한 겨울이 끝나가고 있다고는 하나 여전히 눈 덮인 산을 그들은 걷고 또 걷는다. 아무리 걸어도, 간신히 산봉우리에 올라도 보이는 것은 끝도 없이 펼쳐진 험준한 산맥뿐. 결국 친구들은 길도 없고, 목적지도 알 수 없는 행진을 계속할 수 없다며 조난당한 비행기로 돌아가자고 주장한다. 푸른 초원을 찾기 전에 죽게 될 거라며. 그때 에단 호크가 말한다.

"그럴지도 모르지. 하지만 죽더라도 걷다가 죽고 싶어."

초로의 그 사내도 그런 마음이었을지 모르겠다. 별 뾰족한 희망이 없더라도 아무것도 안 할 수 없다는 바로 그 이유.

김수영은 온몸으로 온몸을 밀며 나가는 것이 '사랑'이라고 말했다. 무엇을 위해서가 아니라 그저 온몸으로 온몸을 밀며 나가는 것, 그것이 산다는 일의 전부이며 그 자체가 사랑이라는 뜻으로 나는 이해한다. 사는 게 고단한 건 경사도 30%의 산길을 올라야 하기 때문이 아니라 희망이 안 보여도 걸음을 멈출 수 없기 때문이다.

그러므로 각자의 속도로 각자의 앞에 놓인 경사로를 온몸으로 힘겹게 밀며 오르는 사람은 누구나 위대하다. 어떤 이유에서인지는 모르겠지만 낑낑대며 오토바이를 밀며 올라가는 저 청년과 걷기도 힘든 길을 자전거 페달을 죽어라 밟으며 오르는 저 남자, 그리고 개를 앞세우고 산책하는 저 여자에게 인사를 건넨다.

"수고하십니다."

p.s. 오늘 그를 다시 보았다. 그가 분명했다. 내가 탄 버스는 막 교문을 들어서는 참이었고 그는 교문을 막 빠져나가는 참이었다. 오후 4시 45분이었다. 그의 얼굴은 예전보다 더 검어져 있었고, 왼쪽 팔과 다리는 조금 더 자유로워 보였다. 거의 5년 만이었다.

아이처럼 걷는 법

너덧 살 무렵의 아이들은 걷는 법이 없다. 그들은 걷는 법을 모르는 듯 작은 공처럼 통통통 몸을 튕기며 반쯤은 허공에 떠다닌다. 그런데도 그들의 걸음이 좀처럼 속도가 나지 않는 이유는 과일가게 아저씨며, 자전거 타는 동네 오빠며, 부지런히 바닥을 쪼아대는 비둘기며, 아스팔트 위에 난 금 같은 것들에 눈길을 주고 인사를 건네느라 바쁘기 때문이다. 아는 사람이든 모르는 사람이든, 상대가 아는 척을 하든 무심히 지나치든 상관없다.

여행을 다녀오고부터 내게도 아이처럼 걷는 버릇이 생겼다.

(참고로 여기에서 아이처럼 걷는 버릇이란 통통통 뛰듯 걷는 부분이 아니라, 여기저기 참견하며 걷는 부분을 말한다.) 이런 걷기는 주로 사람이 없는 곳에서 한다. 산이라든지, 공원이라든지, 교정이라든지, 볼 것은 많고 내가 보일 일은 많지 않은 곳, 갑작스러운 나의 진로 변경이 다른 사람에게 방해가 되지 않는 곳 말이다. 이런 곳에서 나는 걸음을 멈추고 하늘을 바라보기도 하고, 길의 이쪽 편과 저쪽 편을 수시로 오가기도 하고, 쪼그리고 앉아 바닥을 살피기도 한다.

같은 곳에서 혼자 오랜 시간 지내다 보면 이런 걷기의 방법을 자연스럽게 터득하게 된다. 사하라 사막이나 터키의 고원 지대처럼 돈 쓸 일은 없고 시간은 많은 곳에서라면 더욱 그렇다. 내가 석 달여간 머물던 사하라 사막 인근 마을에는 맥주를 마실 펍도, 멋진 작품을 감상할 미술관도, 분위기 좋은 카페도 없으니 혼자 할 수 있는 일이 걷는 것 말고 뭐가 더 있었겠는가. 세속화된 이슬람국가인 터키는 모로코와 비교하면 그 정도까지는 아니었지만 점심에 맥주 한 잔 곁들이는 것으로 충분했으니 사정이 크게 다르지 않았다.

뭔가 새로운 것을 발견하려고 노력하지 않으면 무료하고 외로워서 모래라도 씹어 먹고 싶은 마음이 드는 곳, 박해를 피해 숨어든 초기 기독교인들이 기암괴석을 파고 들어가 내부에 조각을 하고 그림을 그린 심정이 100% 이해되는 곳에 머물며 나는 매일 걸었다. 모래사막을, 검은 자갈 사막을, 들꽃이 만발한 초원과 기괴한 암석이 만든 계곡을 혼자 헤매다 보면 어느새 나는 드넓고 텅 빈 여백 한가운데서 혼자 부유하는 하나의 점이 되어 있었다.

순수한 권태와 광활한 공간, 그리고 한없이 늘어난 시간은 동시에 내 모든 감각을 예민하게 벼렸다. 날씨와 시간대에 따라 모래의 빛깔이 수시로 바뀌는 것을 보았다. 아무것도 없던 하늘에서 한 조각의 구름이 생겨나는 순간부터 모양이 바뀌며 흘러가다 사라지는 순간을 지켜보기도 했다.

지평선까지 펼쳐진 검은 사막을 걷다가 하늘이 둥글다는 사실을 알게 되었고, 밤은 하늘의 중앙에서부터 창공의 완만한 곡면을 따라 미끄러지듯 흘러내려 온다는 것도 알게 되었다. 그렇게 흘러내려 온 어둠이 지평선 위에 남아 있는 태양의 붉은 빛과 만나 번져가는 순간, 별들이 정수리 위에서 빛나기 시작한다는 것도 알았다.

고원에 기기묘묘한 모양으로 우뚝 솟은 암석들도 대기와 빛의 농도에 따라 매일같이 모습을 달리했다.

계곡 사이 난 오솔길을 따라 걷다가 올리브꽃의 향을 처음

맡아보았다. 바람이 불 때마다 초원 위를 내닫는 작은 들꽃들의 파도 소리도 처음 들었다. 초원에서 들꽃을 꺾어 꽃다발을 만들었고, 사막에서 바람에 깎인 돌멩이와 말라비틀어진 나뭇가지를 주워와 숙소의 창가에 두었다.

여행에서 돌아온 다음에도 나는 아이 같은 산책을 계속하고 있다. 학교 기숙사에 살게 된 덕분이다. 매일 아침 기숙사에서 나와 연구실로 가며 산책하듯 걷고, 인적이 뜸한 교정을 걷다가 어디선가 흘러오는 향기를 좇아 홀린 듯 따라가기도 하고, 전날 발견한 꽃봉오리가 얼마나 피어났는지 보려고 길을 벗어나기도 한다. 바닥에 떨어져 있는 꽃잎이 어디서 왔는지 위를 올려 올려다보면 거기 나뭇가지에는 영락없이 작은 새가 앉아 있다. 그 새가 날아가는 것을 눈으로 좇으면 새는 푸른 하늘에서 한 점이 되어 사라지고 대신 머나먼 이국의 하늘에서 본 듯한 구름을 발견한다. 교정을 걷다가 나는 자주 아이같이 걷는 법을 배웠던 그곳으로 돌아간다. 그곳의 고요, 그곳의 평화, 그곳의 광활함 속으로.

그 속에서 보고, 냄새 맡고, 만져보고, 귀를 기울이며 나도 조금씩 두터워진다.

& 열매

비 온 다음 날, 교정의 바닥은 밤하늘의 별자리 같다. 부러진 나뭇가지며 잎사귀, 그리고 검은 버찌들과 단단한 껍질에 싸인 오리나무 열매들이 땅 위에 우주를 만든다.
그 열매들을 밟지 않으려고 조심스럽게 발을 떼어 놓는다. 떨어진 열매 하나, 나뭇잎 하나 모두 조금 전까지 살아 있던 것들이고, 어쩌면 여전히 살아 있을 것만 같다.

가끔은
상냥한 마음

아침 출근길, 5층 높이의 달팽이 모양으로 생긴 통로를 걸어 올라가다가 출구에 거의 다다른 지점에서 지렁이 한 마리를 발견했다. 손가락만큼 굵고 기다란 지렁이는 내가 방금 느릿느릿 걸어 올라온 방향으로 기어가고 있다.

'어이, 방향을 잘못 잡았어. 그쪽으로 가면 시멘트 바닥을 한참 기어 내려가야 한다고.'

나는 속으로 지렁이에게 이렇게 말하며, 차마 발걸음을 옮기지 못한다. 그 속도로 1층까지 가기도 지난하겠지만, 시멘트 바닥을 오체투지로 기어가다가는 1층에 도착하기도 전에 그

맨질맨질하고 끈적끈적한 몸통이 너덜너덜해질지도 모른다는 쓸데없는 걱정 때문이다.

물론 지렁이는 뒤늦게 '아, 이쪽이 아니군' 하고 깨달을 수도 있다. 하지만 그런들 무엇을 할 수 있겠는가. 가던 길을 계속 기어가거나 방향을 바꿔 계속 기어가는 수밖에. 어쨌건 계속해서 기어가야 하니 온몸이 너덜너덜해지는 것은 피할 수 없을 것이다. 그렇다고 땅에 도착하는 최단 거리를 찾아 난간으로 올라가 우아하게 뛰어내릴 수도 없을 것이다. 나는 아직 지렁이가 수직으로 기어오르는 걸 본 적 없고, 그렇게 할 수 있다는 이야기를 들어본 적도 없다. 설사 난간을 타고 올라갈 수 있다 한들, 그리고 눈 딱 감고 뛰어내리는 재주가 있다고 한들 지렁이가 안전하게 땅에 착지할 수 있을지도 의심스럽다.

이런 시답지 않은 염려 끝에 나는 지렁이를 도와주기로 한다. 달팽이 통로까지 드리운 나무에서 잎사귀 하나를 따고 나뭇가지 두 개를 꺾어 우선 나뭇잎을 바닥에 내려놓는다. 물론 손으로 지렁이를 들어서 맨땅에 옮겨주면 간단하지만 아쉽게도 나는 미끈거리는 촉감이 질색이다. 하여 나는 가만히 볼수록 기묘하고 이상하게 생긴 이 생명체를 나뭇잎 위에 태워서 옮겨줄 작정이다. 하지만 나뭇가지가 몸통에 닿자마자 지렁이는 미친 듯이 꿈틀거린다. 적의 공격이라 생각했는지 아무리 괜찮다고, 너를 도와주려고 하는 거라고 안심시키려 해도 소용이 없다. 그 바람에 나도 모르게 비명이 터져 나오는 걸 간신히 참으며 어쨌거나 무사히 임무 완수.

통행이 드문 달팽이 통로로 다니다 보면 이런 일이 종종 있다. 얼마 전에는 지렁이보다 길이는 짧지만 굵기는 훨씬 굵고 그 어떤 생명체보다도 다리가 많이 달린 데다 색깔도 무시무시한 송충이도 이런 식으로 구조해주었다.

통로 난간에 새가 한가롭게 앉아 있는 것도 자주 볼 수 있고 통로에 면해 있는 산비탈에서 덤불을 뜯어먹는 고라니를 본 적도 있다. 이 작은 생명체들은 예기치 않은 작은 인기척에도 놀라 황급히 자리를 뜬다. 그러면 나는 이들의 아침 명상을, 이들의 아침 식사를 방해한 것 같아 미안한 마음이 든다.

그럴 때마다 내게 아직 상냥한 마음이 남아 있는 것 같아 다행이라는 생각이 든다. 그러다가도 인간 세계에서는 그게 왜 잘 안 되는 걸까, 싶어 금세 시무룩해진다.

천천히 걸으면 알게 되는 것

사하라 사막의 작은 마을에는 공동 정원이 있다. 마을 사람들이 프랑스말로 '자르뎅(jardin, 정원)'이라고 부르지만 정원보다는 텃밭에 가깝다. 직선으로 곧게 뻗은, 보기에는 도랑 같은 수로를 따라 잘게 구획된 땅에 콩이며 당근, 허브 같이 사람이 먹을 것과 낙타에게 먹일 풀들을 재배한다. 밭은 주로 노인이나 아낙들이 돌본다. 딱히 놀 거리가 없는 아이들은 밭에서 바로 뽑은 당근을 수로의 물에 씻어 먹기도 한다. 개구리가 헤엄치고, 온종일 어딘가를 헤매다 저녁 무렵 돌아온 새들이 목을 축이는 물이었다.

정원은 내가 그 마을에 도착했을 때부터 이미 푸르렀고 2월인데도 나무마다 꽃망울이 매달려 있었다. 붉은 모래사막 한가운데 섬처럼 푸르른 그 정원에서 내가 이름을 아는 건 야자나무밖에 없었다. 꽃망울과 잎사귀, 수형(樹型)만 보고 어떤 나무인지 알아차리기에는 식물에 대해 아는 게 너무 없었다.

그중에서 유독 눈에 들어온 나무가 있었다. 생긴 건 벚꽃 같은데 벚꽃보다 꽃잎이 크고 색은 더 하얀, 내 키보다 조금 더 큰 나무였다. 그 꽃의 이름을 알고 싶었으나 알 수가 없었다. 물어볼 사람도 없었지만 설사 알려주는 사람이 있었다 해도 나는 그 뜻을 몰라 끝내 한국식 이름을 모르고 지나갔을 터였다.

그 꽃이 아몬드꽃이라는 것을 알게 된 건 꽃이 지고도 한참 지나서였다. 하얀 꽃이 지자 푸른 잎이 돋아나고 꽃 진 자리에 열매가 맺히기 시작했다. 그러고도 시간이 더 흘러 그 열매가 매실을 닮아가며 여물었을 때, 나는 그 초록색 열매를 하나 따서 쪼개보았다. 안에는 하얀 과육의 열매가 들어 있었다. 색깔은 달랐지만 정원을 산책하던 내게 동네 꼬마들이 주워 건네준 열매와 같은 모양이었다. 아몬드였다. 그러니까 내가 이름도 모른 채 매혹되었던 그 꽃은 바로 고흐의 그림으로만 보았던 아몬드꽃이었다. 그 마을을 한 주만 일찍 떠났어도 이름을 모른 채 그저 눈부시게 환한 빛으로만 기억했을 꽃의 이름을 그렇게 알게 되었다.

사막이 내게 준 선물이 많지만, 그중 가장 소중한 것이 바로 오래 보는 눈(目)이다.

눈은 본래 순간만을 포착한다. 꽃의 순간, 열매의 순간, 마른 가지의 순간, 새싹의 순간, 그리고 다시 꽃의 순간. 눈은 순간만을 포착하기 때문에 내가 본 꽃과 새로 돋아난 잎사귀와 그리고 시간이 흘러 맺힌 열매를 연결 짓지 못하는 경우가 많다. 그러나 시간을 두고 오래, 그리고 자주 바라보다 보면 그 순간들을 하나의 흐름으로 이을 수 있게 된다. 잎사귀와 꽃, 열매, 그리고 모두 지고 난 후의 그 앙상함이 하나로 연결될 때, 그때서야 온전히 하나의 존재를 알게 되었다고 말할 수 있다.

그러나 정말 그럴까? 어쩌면 나는, 아니 우리 인간은 영원히 나무 하나, 풀 하나의 존재를 온전히 알 수 없을지도 모른다. 그 나무가 오리나무라는 것을 알아도, 그 꽃이 모과꽃이라는 것을 알아도, 내가 미처 보지 못한 그들만의 순간이 더 많을 것이기 때문이다. 짙은 안개가 산기슭을 둘러싼 날의 나무 둥치와 서리 낀 아침의 나무 둥치, 그리고 보름달이 뜬 밤의 나무 둥치는 얼마나 다르겠는가. 그 외에도 내가 미처 보지 못한 얼마나 많은 순간이 또 있겠는가. 나는 매일 교정을 거닐며 매번 새로운 순간들을 채집하며 그 흐름을 조금씩 길게, 그리고 두텁게 이어나간다.

이름은 이렇게 매 순간 변하며 매 순간 길어지는 하나의 흐름을 지칭하고 기억하기 위해 붙이는 표시에 불과하다. 그런데도 우리는, 아니 나는 이름을 알면 그 대상을 안다고 착각한다.

이른 저녁을 먹고 교내를 산책하다 도서관 정원 귀퉁이에서 빨간 열매를 발견했다. 아니나 다를까, 나는 또 이 열매의 이름을 알고 싶다. 꽃이라면 인터넷 포털사이트에 검색해보면 이름을 바로 알 수 있을 텐데 열매 검색은 아직 지원되지 않는다. 그러니 이 열매의 이름을 알려면 기다려야 한다. 꽃이 펴서 검색할 수 있는 봄이 오기까지.

이 빨간 열매와 아직 한 번도 본 적 없는 꽃 사이에는 또 얼마나 많은 순간이 존재할까. 나는 여전히 이름을 알고 싶어 하는 사람이지만 이제 이름만 외우고 다 안다고 말하지는 않는다. 하나의 대상을 오래 보면서 내가 보지 못한 모든 순간을 눈에 담고, 그러고도 내가 모르는 순간이 있음을 기억하는 사람이 되었다.

& 향기, 몸을 섞는다

교정에는 사계절 내내 향기가 감돈다. 매화 향으로 시작해서 상쾌한 겨울 아침 냄새로 끝나는 길고 긴 향기의 목록. 이 목록에는 오랫동안 가뭄이 계속되는 여름날, 해 질 무렵의 연못가에서 피어오르는 물비린내와 비 내린 아침 삼나무를 지나갈 때 퍼지는 상쾌한 향기도 포함되어 있다.

향기는 밤이 되면 더 선명해진다. 늦은 시간 연구실을 나서면 어둠 속에 퍼져 있던 꽃냄새, 풀냄새, 나무 냄새, 흙냄새가 밀려든다. 특히 밤에 아랫동네에서 운동하고 돌아올 때 더 그렇다. 버스에서 내리자마자 온몸의 노폐물을 비워낸 육체를 향해 한꺼번에 밀어닥치는 자연의 향기에 정신이 혼미해질 정도다. 나는 욕심껏 깊은숨을 들이마신다.

향기는 자연이 내뿜는 숨결이다. 자연이 내뿜는 숨결을 빨아들이면 자연이 살아 꿈틀거리는 생명체라는 것이 생생하게 느껴진다. 아무도 보지 않을 때 조용히 몸을 뒤틀며 자라고 부딪히며 자기들끼리 서로 대화하고 있다. 나도 몇 번이고 심호흡하며 그들과 말을, 아니 몸을 섞는다. 향기가 초대한 거대한 생명의 흐름 속에서 나도 살아 있는 생명체가 된다.

최상급의 행복이 아니라도

걷기에 대한 글을 쓰다가 여행을 다니며 읽던 책을 다시 펼쳐보았다. 존 버거의 『그리고 사진처럼 덧없는 우리들의 얼굴, 내 가슴』. 한국을 떠날 때 갖고 간 책 가운데 유일하게 다시 갖고 돌아온 책이다. 이 책은 유럽에서 아프리카와 지중해, 그리고 중동을 거쳐 다시 유럽에 이르는 긴 여정 내내 나와 함께한 셈이다.

책에는 그 여정의 흔적들이 고스란히 남아 있다. 책장 여기저기에 밑줄이 쳐 있고 귀퉁이가 접혀 있기도 하다. 원래부터 그랬던 건지 낯선 곳의 대기에 물이 든 건지 알 수 없지만,

책장이 누렇게 바랬다.

책에는 사하라 사막 마을에서 머문 숙소의 명함과 숙박료 영수증이 꽂혀 있다. 영수증에는 파란색 볼펜으로 하룻밤 숙박료에 포함된 내역과 사막 트레킹 비용이 적혀 있다. 아기처럼 크고 선한 눈동자를 가졌지만 소심하고 샘이 많은 주인장 이디르의 글씨다. 책임감이 강한 그는 사막의 보름달을 보겠다고 어두워질 때까지 모래 언덕에 있다 돌아온 내게 오빠라도 된 듯 잔소리를 했었다.

그와 형제들이 운영하는 숙소에서 나는 이 책을 본격적으로 읽기 시작했다. 더블린에서는 읽으려고 몇 번이나 책을 펼쳤다가 그만두었다. 관념적이고 밀도 높은 사유의 흐름이 도시의 호흡과는 잘 맞지 않았다. 그러나 시간이 유유히 흐르는 광대한 공간과는 잘 어울렸다.

저절로 눈이 떠졌으나 아무것도 할 수 있는 게 없는 어두운 새벽, 모래 폭풍이 불어 밖에 나갈 수 없는 날의 오후 같은 무능의 시간에, 주로 겹겹이 덮은 담요의 무게를 느끼며 침대에서 이 책을 읽었다. 산책을 할 때도 이 책을 들고 나갔다. 마을 정원에서는 나무 아래 앉아서 흔들리는 나뭇잎과 바람 소리를 들으며 읽고, 사막에서는 황금빛으로 물들어가는 모래 언덕을 걸으며 소리 내어 읽었다.

그렇게 천천히 한 줄 한 줄 곱씹으며 읽었건만 다시 보니 내가 이 책을 읽기나 한 건지 내용이 하나도 기억나지 않는다. 밑줄 친 구절도 낯설기는 마찬가지다. 다만 내지의 여백에 적어 둔 다음과 같은 짧은 메모가 그때의 심정을 알려준다.

> 바람이 손에 잡힐 것 같다.
> 바람의 입자들이 손바닥에 남는다.
> 집으로 데리고 갔으면 좋겠다.
> 손금 깊숙이 가라앉아 있다가
> 메마른 날 고요히 떠올라
> 빛났으면 좋겠다.

이 메모를 읽으니 그때 내 바람대로 잊고 있던 감각들이 고요히 떠올라 다시 빛난다. 사막의 반대편, 대한민국이라는 작은 나라의 항구도시, 그 한가운데 솟은 산꼭대기의 작은 방에서 나는 사막의 정원에 쏟아지던 햇살을 다시 느끼고, 흔들리는 나뭇잎 소리를 다시 듣는다. 존 버거의 문장이 머리가 아닌 몸에 새겨진 걸까? 낱낱이 부서진 언어들이 사막에서 불어오는 바람 속으로, 나뭇잎 사이 흐르는 햇빛 속으로 흩어졌다가 내 오감을 통해 흘러들어 와 있었던 게 틀림없다.

책에는 뮌헨발 아테네행 보딩패스도 꽂혀 있다. 모로코를 떠난 후 독일에서 부모님을 만나 한 달간 함께했던 여행의 흔적이다.

보딩패스 뒷장에는 파랑 잉크로 끄적거린 낙서가 남아 있다. 장미 넝쿨이 흘러내리는 나무 대문과 테이블 위의 후추통과 커피잔, 그리고 무릎을 세우고 앉은 남자의 그림이다. 부모님과 헤어지고 다시 혼자가 돼서 찾은 터키의 고원 지대에 머무는 동안에도 나는 그림을 그렸다. 사막의 풍경 대신 이와 같은 마을의 일상을 그렸고, 그보다 더 자주 들꽃들을 그렸다. 그때 발견한 들꽃 한 송이가 지금 이 책의 책장 사이에서 말라가고 있다.

밑줄 친 문장 몇 개를 다시 읽어본다. 책의 내용이 조금씩 되살아난다. 내가 왜 이 책을 갖고 돌아왔는지도 알 것 같다.

이 책에는 집을 떠나고 돌아오는 길고 고독한 여정과, 타지에서 만난 낯선 자연과 낯선 얼굴들에 대한 그리움이 담겨 있다. 짧지 않은 시간 동안 이국의 땅을 떠돌며 내가 느꼈던 감정도 이런 것이었고, 오래오래 간직하고 싶은 기억도 이런 것이었다는 사실이 문득 기억난다.

> 숲 속에서 여러 시간을 보낸 후 그들에게 눈짓하는 것은 아래로 펼쳐진 계곡과 탁 트인 하늘이다. 지친 무릎에 이끌려, 혹은 자신도 모르게 풀숲 사이로 난 길을 찾아 내려가는 장화에 이끌려 한 사람씩 경사로를 따라 내려온다. 모두가 저마다의 휴식처로 향하는 것이다. 그들은 이제 세상으로 돌아가는 것인데, 세상으로부터의 첫 선물은 하나의 쉴 공간이며, 그 다음으로는 평평한 탁자와 침대가 선물로 주어진다. 가장 행복한 사람에게는 침대를 함께 나눌 누군가가 주어질 것이다.

나는 나의 세계와 나의 기억으로부터 떠나 낯선 세계로 갔고, 그곳에서도 더 깊은 곳으로, 아예 사라져 버렸으면 하는 마음으로 하루하루 세상으로부터 조금씩 더 멀리 나아갔다. 그러나 언제나 나는 마을로 돌아왔고, 거기에는 고독한 이방인을 기다리는 방이 있었다. 척박한 땅에 둥지를 튼 사람들에게서 세를 얻은 방, 작은 탁자와 침대 말고는 아무것도 없는 그 작고 소박한 방이 그때는 어떤 의미였는지 몰랐다. 나를 기다리는 그 공간이 있어 광활하고 황량한 공간을 홀로 헤매면서도 외롭지만은 않았다는 사실도.

침대를 함께 나눌 사람은 주어지지 않았으니 '가장 행복한 사람'이었다고 말할 수는 없을 것이다. 그러나 그 여행을 통해 나는 내 방이 어딘가에 따로 있는 것이 아니라는 것을 알게 되었다. 내가 머무는 곳이 모두 내 방이라는 것을, 내가 돌아가는 곳이면 모두 내 집이라는 것을 알았다. 나는 집을 떠나 집을 찾은 것이다. 언제나 내 마음속에 있었던 그 작은 공간을.

그 공간 한 귀퉁이에 여행의 흔적이 담긴 이 책을 놓아둔다. 언제 들춰봐도 나를 다시 그 경이로운 순간들로 데려가 줄 기억들을. 그러니 가장 행복한 사람이 아니어도 상관없다.

오늘 아침,
까마귀와 나

5월의 상쾌한 아침이다. 여느 때처럼 이리저리 두리번거리며 연구실로 출근하는 길에 까마귀 한 마리를 발견했다. 까마귀는 도서관 옆 벤치를 타고 오르는 등나무에 앉아 주위를 둘러보다가 작고 낮은 소리로 "까악" 하고 운다. 그 모습을 잠시 지켜보던 나는 뜬금없이 그 소리를 흉내 내고 싶어졌다. 주위에 아무도 없는지 둘러보고는 작은 목소리로 "까악, 까악!" 해본다.

까마귀는 아무 소리도 못 들은 척 주변만 살핀다. 그 무관심에 나는 한두 번 더 울음소리를 내보다가 까마귀가 내 울음소리에 응답하기를 바란다는 걸 알아차린다. 어쩐지 이 까마귀와는 대화가 잘 통할 것 같다고 생각한 걸까? 하지만 까마귀는 끝까지 딴청만 피우다가 날아가 버린다.

인문관으로 이어지는 달팽이 통로를 오르며 나도 모르게 피식 웃는다. 조금 전 내가 한 짓이 멋쩍어서다. 그래서 조금 전 일에 대해 곱씹어본다. 이를테면 모방은 관찰에서 비롯된다는 생각 같은 것.

나는 까마귀를 흉내 내려고 까마귀를 관찰한 게 아니다. 그저 신기해서 한참 바라보았을 뿐인데 그렇게 바라보고 있자니 나도 모르게 흉내 내보고 싶은 마음이 들었다. 그러고 보니 하나의 대상을 오래 보고 있으면 흉내 내고 싶어지는 게 자연스러운 일인가 보다. 일찍이 아리스토텔레스도 인간에게 모방 본능이 있다고 말하지 않았던가. 바람에 흔들리는 나무를 한참 동안 바라보았더니 그 나무를 따라 나도 온몸을 천천히 움직여 보고 싶어졌던 기억이 떠오른다. 석양 아래 끝도 없이 펼쳐진 사막을 바라보다가 모래 언덕 위에 길게 누웠던 것도 사막을 흉내 내고 싶은 마음 때문이었을까? 춤과 노래와 연극이 이런 식으로 생겨났다는 데 생각이 이르자 마치 대단한 발견이라도 한 듯 나 자신이 대견스러워진다.

연구실에 도착해 불을 켜니 어스름에 휩싸여 있던 실내가 밝아진다. 컴퓨터가 부팅되는 동안, 커피포트에 물을 끓이고 인스턴트커피를 탄다. 열어놓은 창문으로 까마귀가 "까악" 하고 우는 소리가 들린다. 한 마리가 아니다. 내가 흉내 내던 그 까마귀와 같은 놈일까, 궁금해하며 하던 생각을 이어간다.

그게 무엇이든, 바라보고 있는 대상을 흉내 내게 되는 것, 그것이 창조의 시작이다. 그러니까 흉내 내기는 곧 창조다. 내가 아닌 다른 것 되기, 내가 바라보고 있는 것처럼 되기.

프랑스의 철학자 들뢰즈가 말한 '되기'라는 것도 알고 보면 그리 거창한 게 아닌지도 모르겠다. 대상을 골똘히 바라보면 대상을 흉내 내고 싶어지고, 대상을 흉내 내다 보면 대상을 닮게 되고, 그러면서 대상을 이해하고 싶어지고, 이해할 수 있을 것 같다는 생각이 든다는 것, 그런 식으로 우리는 서로 닮아가며 하나로 연결되었다가 다시 떨어지는 것을 반복한다는 것, 뭐 대충 이런 말이 아닐까?

'미러링 효과'라는 말도 떠오른다. 호감이 있으면 그 사람의 동작을 무의식적으로 따라 하게 된다는 건데, 인터넷으로 검색해보니 이탈리아의 저명한 신경심리학자인 리촐라티 교수가 이런 일을 관장하는 뉴런이 우리 뇌에 실제로 존재한다는 사실을 밝혀냈다는 설명이 나온다. 이 뉴런 덕분에 인간이 그 많은 지식을 경험하지 않고도 습득할 수 있고, 다른 사람과 소통하고 공감할 수 있다는 것이다.

모방이든 창조든 소통이든 그 출발점은 한 가지 대상을 '오래 보기'인 것 같다. 먼저 관찰이 있고, 그다음에 흉내 내기가 있다. 그리고 창조와 소통과 공감이 연달아 이어진다.

그러나 무엇인가 물끄러미 단 3분이라도 계속해서 바라보는 일은 요즘 얼마나 드문 일인가. 아무것도 안 하는 동안에도 손에서 휴대폰을 놓지 않는다. 화장실에 갈 때도 휴대폰을 갖고 간다. 오후 현대시론 수업 시간에 은유에 대해 설명할 때 오늘 아침 까마귀와 나 사이에 있었던 일에 대해 이야기해줘야겠다. 그리고 방 안의 사물 하나를 정해서 골똘히 바라보고 그 사물을 흉내 내보라는 과제를 내야겠다고 생각하며 '휴대폰을 들고' 화장실로 향한다. 지금 시각 오전 8시 10분.

작고 무용한 아름다움

세상에는 작고 무용한 아름다움을 만드는 사람들이 있다. 그들은 대개 익명의 기술자들, 혹은 일상의 예술가들이다. 누가 시켜서가 아니라 스스로 단장하고 꾸미는 그들의 마음이 작지만 조용한 경이로움을 불러일으킨다.

여행을 다니며 나를 사로잡은 것도 이런 것들이다. 교과서에 실린 유명 작가의 그림이나 오로지 그걸 보기 위해 찾는다고 해도 틀린 말이 아닐 도시의 대표 건축물 같은 것도 물론 아름답다. 하지만 그런 작품들을 보러 가는 길에 우연히 혹은 길을 잃어 샛길로 빠졌을 때만 볼 수 있는 소박하고 정성스러운

가꿈의 흔적들이 있다. 이것들은 예기치 않은 순간에 마법처럼 나타나 여기에 우리 같이 평범한 사람도 있다는 것을, 그 평범한 사람들도 아름다움을 사랑한다는 것을 일깨워준다.

얼마 전 영도의 흰여울 문화마을 아래 조성된 해안 산책로를 따라 걷다가 절벽 위 마을로 올라가는 길에 흥미로운 것을 발견했다. 8월의 뜨거운 햇볕 아래 족히 300개는 되는 계단을 오르느라 처음에는 아무것도 눈에 들어오지 않았다. 땀을 뻘뻘 흘리며 1/3 지점쯤 되는 곳까지 올라왔을까, 걷다 지쳐 고개를 떨궜을 때 계단 위에 조약돌로 무늬를 만들어놓은 것이 눈에 들어왔다.

자세히 보니 시멘트를 발라 만든 계단마다 조약돌로 온갖 무늬가 수놓아져 있었다. 하나도 같은 무늬가 없었다. 어떤 단에는 곡선으로 이어진 아라베스크 무늬가, 어떤 단에는 마름모로 이어진 사슬 무늬가, 또 어떤 단에는 꽃무늬가 있더니 야자수, 잠자리, 게 무늬에 이어 계단이 끝나갈 무렵에는 아예 수평선에 배가 떠 있고 하늘에는 갈매기가, 땅에는 야자수가 서 있는 한 폭의 풍경화가 조약돌로 수놓아져 있었다.

계단을 만들기로 한 결정이야 공무원들이 했을 테고, 계단 설계는 건축업자들이 했겠지만, 처음부터 이런 무늬를 만들

계획까지 포함되어 있었을까? 만약 그랬다면 인부들은 뭐 이런 일까지 해야 하느냐고 화를 냈을 것이다. 혹은 인건비를 더 요구했겠지.

이 계단에 조약돌로 무늬를 만들었을 사람의 마음을 추측해 본다. 처음에는 아이같이 장난스러운 마음으로 덜 굳은 시멘트에 조약돌로 무늬를 만들기 시작했을 것이다. 무늬를 조금씩 변형하며 한 개, 두 개, 만들다 보니 자꾸 아이디어가 떠올랐을 것이다. 내가 왜 사서 이 고생을 하나 싶은 생각도 잠시 했겠지만 이제 와 그만두기 아깝다는 생각에 작정하고 온갖 상상력을 동원해서 한 계단 한 계단 무늬를 만들어나갔을 것이다.

어떤 이유에서인지는 알 수 없지만, 없어도 아무 지장 없고, 있어도 누구 하나 알아주지 않을 이런 장식을, 수백 개나 되는 계단을 만드는 것만으로도 벅찼을 노동의 현장 위에 포개 놓은 그 마음을 어찌 예술사에 전해지는 위대한 걸작을 만드는 마음만 못하다고 할 수 있을까. 역사에 남겠다거나 누군가를 감동시키겠다거나 하는 거창한 마음이 아니라 보기에 심심하니까, 혹은 삶이 너무 남루하여 작으나마 멋이란 걸 부리고 싶었을 그 마음들이 나는 숭고하고도 어쩐지 귀엽다.

어릴 적 시골집에 살 때, 일 년에 한 번 문을 새로 바르는 날, 말린 꽃잎이나 단풍잎을 창호지 사이에 끼워 넣은 것은 아직 청년이던 넷째 삼촌과 아직 소녀였던 막내 고모였다. 지금은 찾아보기 힘들지만 구멍가게의 유리 미닫이문에 여러 번 접은 종이를 오려 만든 꽃무늬, 별무늬를 바른 것은 아마도 구멍가게 주인 할아버지였겠지. 파와 채송화를 함께 키우는 빨간 고무 대야나 하얀 스티로폼 박스는 내가 대학에 다니던 20여 전 서울에서나 지금 여기 부산에서나 정원을 가질 수 없는 가난한 사람들이 모여 사는 곳이면 쉽게 볼 수 있다. 그리고 어디서 주워왔는지 모를 촌스러운 액자, 거울, 조화로 약수터 주변을 꾸미는 노인들까지.

그것을 위해 그들은 길을 걸으며 주변을 살폈으리라. 가장 예쁜 돌멩이와 조가비를 줍느라 허리를 굽히고, 남의 집 앞에 내놓은 고물들을 챙기는 수고를 마다하지 않았으리라. 비싸고 특별한 재료가 아니어도, 작가의 사인이 없어도 자연스럽게 그것을 만든 사람을 궁금하게 만드는 이런 작품들은 천편일률적인 디자인 상품을 소비하느라 우리가 잃어버린 것이 무엇인지 말해준다. 예컨대, 비루하고 누추한 삶을 손수 아름답게 만들고자 하는 마음 같은 것들.

& 꽃 가꾸는 집

안창마을에는 꽃집도 아니면서 꽃집보다 더 아름답게 꽃을 가꾸는 집이 있다. 대문도 없이 새시 문을 열면 바로 방으로 이어지는 오래된 단층 건물에 파란색 슬레이트 지붕을 얹은 이 집은 꽃이 피지 않으면 여느 집들과 마찬가지로 삶의 남루함이 고스란히 드러난다.

하지만 꽃만 피웠다 하면 이 평범한 집은 그 자체로 하나의 꽃바구니가 된다. 집 앞에는 커다랗고 하얀 백합, 파란색 수국, 그리고 온갖 색깔의 제라늄과 달리아 같은 꽃들이 쉬지 않고 피고 진다. 이 꽃들 때문에 이 집은 물론 마을 전체가 다 환해진다. 이 많은 꽃들은 정원도, 마당도 아닌 매일 사람들이 오가는 길가에 놓인 고무 대야와 대형 식용유 통에서 자란다.

지도에 없는 길

걷기도 좋아하고, 운전도 좋아하면서 나는 지도 보기에는 영 소질이 없다. 그 사실을 처음 안 건 인도로 배낭여행을 갔을 때다.

박사과정이 끝나고 '논문 체제'로 돌입하기 전, 길고도 어두운 그 터널에 들어가기 위해 심호흡이 필요했다. 나는 동생과 인도로 배낭여행을 떠나기로 했다. 인터넷에 떠도는 인도 여행 고수들의 조언을 토대로 지도를 펼쳐놓고 루트를 짜는 일은 어렵지 않았다. 하지만 실전은 달랐다. 스마트폰도 없던 그때 우리는 유명한 여행안내서인 『론리 플래닛』에 모든 걸 의존했다. 숙소 찾기, 식당 찾기는 물론이고 길 찾기도 당연히 『론리 플래닛』의 지도로 해결해야 했다.

지도를 보는 일 자체는 어렵지 않았다. 일단 지금 내가 있는 곳의 위치를 파악한다. 그리고 가고자 하는 곳의 위치를 찾는다. 이 두 점을 잇는 경로를 그린 후 그쪽을 향해 걷는다. 하지만 그게 그렇게 간단하지 않았다. 적어도 내게는. 나의 맹점은 언제나 내가 바라보는 쪽을 북쪽이라고 생각한다는 것이다. 그래서 지도상의 목적지가 지금 내가 있는 지점보다 위쪽에 있으면 다짜고짜 직진. 반대로 목적지가 내가 있는 지점보다 밑에 있으면 무조건 '뒤로 돌아 갓!' 그렇게 해서 괜한 고생을 한 게 한두 번이 아니다. 그런 상황에서도 무사히 여행을 마친 것은 모두 동생 덕분이다.

최근 레베카 솔닛의 『길 잃기 안내서』를 읽다가 내가 왜 방향을 찾는 데 그렇게 어려움을 느끼는지 알게 되었다.

그 책에는 우주를 중심에 놓고 방향을 파악하는 부족에 대한 이야기가 나온다. 이들은 자기 몸을 지칭할 때도 왼쪽과 오른쪽이라고 말하는 대신 동쪽과 서쪽이라고 말한다. 이를테면, 그 손이 오른손이건 왼손이건 태양이 지는 쪽에 있을 때는 무조건 서쪽 손, 반대로 태양이 뜨는 쪽에 있으면 동쪽 손이 되는 식이다.

레베카 솔닛은 이를 두고 자신보다는 세상을 중심에 두고 사유하는 세계관 때문이라고 말한다. 그들의 세계에서 중심이 되는 것은 자연이지 인간이 아닌 것이다. 인간은 그러한 환경에 종속된 존재일 뿐이다. 이에 빗대어 말하자면, 내가 바라보는 곳이 무조건 북쪽이라고 생각하는 나는 아주 인간 중심적인, 아니 아주 자기중심적인 사람이라는 뜻이 되겠다.

스마트폰을 이용하면 길 찾기가 조금 더 수월할 줄 알았다. 종이 지도와 달리 GPS 기능이 있는 구글맵은 내가 현재 위치한 곳은 물론 내가 움직이는 방향도 바로바로 표시해주니 말이다. 그러나 그것도 종이 지도를 잘 읽는 사람에게나 해당하는 일. 넓지도 않은 더블린에서 지내는 석 달 동안 최첨단 기술의 도움을 받으면서도 나는 늘 길을 찾는 데 애를 먹었다. 오히려 두 배로 헷갈렸다. 나는 분명히 직진하고 있는데 지도상에는 내가 뒤로 걷고 있는 것처럼 표시되는 걸 도저히 이해할 수 없었기 때문이다. 그럴 리가 없지 않은가. 내가 후진 기능이 있는 자동차도 아니고.

그래서일까. 내가 목적지를 찾아가는 여행보다 발길 닿는 대로 다니는 여행, 아예 지도를 볼 필요가 없는 곳을 더 좋아했던 것은. 사하라 사막이 그랬고, 터키의 카파도키아가 그랬다.

그런 곳은 지도에 지명만 적혀 있을 뿐 대부분 텅 빈 여백으로 나타난다. 모두 비슷하게 생긴 모래 언덕과 암석, 그리고 계곡들밖에 없는데 어떻게 지도에 위치를 표시하겠는가. 그것들 각각이 이름을 가졌는지도 의문이지만, 특히 사하라 사막은 모래 폭풍 한 번에 모래 언덕의 위치가 바뀌니 지도에 그 이름의 위치를 표시한다 해도 폭풍이 지나고 나면 소용없어진다. 이런 곳에서는 지도를 보고 길을 찾는 게 불가능하다. 몇 번째 암석에서 좌회전하고, 몇 개의 모래언덕을 지나야 목적지에 도착하는지 알 수 없다.

지도가 필요 없으니 차라리 속 편했다. 말 그대로 사방팔방, 삼십육방 어디로든 갈 수 있었다. 그곳에서 나는 목적지를 정하지 않은 채 어느 날은 해지는 쪽으로, 어느 날은 남쪽으로, 걸을 수 있는 만큼 최대한 멀리 갔다가 요요처럼 돌아왔다. 돌아올 때도 지도는 필요 없었다. 초저녁에 빛나는 샛별과 반짝이는 동네의 불빛이 길잡이가 되어주었기 때문이다.

여행이 끝나도록 나는 구글맵에 익숙해지지 못했다. 나중에는 아예 구글맵에 적응하려는 노력을 포기했다. 로마에서, 리스본에서, 포르토 같은 도시에서도 나는 목적지가 어느 방향인지만 대략 파악하고 무작정 걸었다. 목적지를 설정한 것은 그곳에 가기 위해서라기보다는 좌표가 필요했기 때문이다. 걷다 보면 어떤 때는 목적지가 갑자기 눈앞에 나타나기도 했고, 어떤 때는 어딘지도 모를 곳에 가 있기도 했다. 목적지가 내 눈앞에 나타날 때는 도대체 어떻게 여기에 오게 됐는지 이해할 수 없어서, 지금쯤 내 눈앞에 있어야 할 목적지가 엉뚱한 곳에 있을 때는 도대체 내가 왜 여기에 있는 것인지 이해할 수 없어서 늘 어리둥절했다. 그러니까 내 여행은 어리둥절의 연속이었던 것이다.

그 때문에 꼭 가봐야 한다는 곳에 정작 못 간 적도 많다. 하지만 그러면 어떠랴. 지도에 표시된 곳에 다녀오는 것이 여행의 목적은 아니다. 대신 지도에 표시되어 있지 않은 멋진 곳을 많이 만났다. 지도에 없으니 다시 그곳을 찾아갈 수 없다는 게 문제지만, 그래도 상관없다. 그곳들은 내 기억 속에 영원히 남아 있을 테고, 어차피 세상에는 지도에 표시된 곳보다 지도에 표시되지 않은 곳이 더 많기 때문이다. 지도에 있건 없건, 그곳이 어디건, 처음 가는 길은 늘 새롭고 때때로 어리둥절하다.

나는 용감한 마흔이 되어간다

초판 1쇄 발행 2020년 1월 17일
초판 2쇄 발행 2020년 7월 13일

지은이 • 윤지영

발행인 • 양문형
펴낸곳 • 끌레마
출판등록 • 제313-2008-31호
주소 • 서울시 종로구 대학로 14길 21 4층
전화 • 02-3142-2887 팩스 • 02-3142-4006
이메일 • yhtak@clema.co.kr

ISBN 979-11-89497-29-3 (03810)

•값은 뒤표지에 표기되어 있습니다.
•제본이나 인쇄가 잘못된 책은 바꿔드립니다.

이 도서의 국립중앙도서관 출판예정도서목록(CIP)은 서지정보유통지원 시스템 홈페이지(http://seoji.nl.go.kr)와 국가자료종합목록 구축시스템 (http://kolis-net.nl.go.kr)에서 이용하실 수 있습니다.
(CIP제어번호 : CIP2019051913)